Contents

くまクマ熊ベアー2

▶ユナ'S STATUS_

スキル

▶**異世界言語**
異世界の言葉が日本語で聞こえる。

話すと異世界の言葉として相手に伝わる。

▶**異世界文字**
異世界の文字が読める。

書いた文字が異世界の文字になる。

▶**クマの異次元ボックス**
白クマの口は無限に広がる空間。どんなものも入れる（食べる）ことができる。

ただし、生きているものは入れる（食べる）ことはできない。

入れている間は時間が止まる。

異次元ボックスに入れた物は、いつでも取り出すことができる。

▶**クマの観察眼**
黒白クマの服のフードにあるクマの目を通して、武器や道具の効果を見ることができる。

フードを被らないと効果は発動しない。

▶**クマの探知**
クマの野性の力によって魔物や人を探知することができる。

▶**クマの地図**
クマの目が見た場所を地図として作ることができる。

▶**クマの召喚獣**
クマの手袋からクマが召喚される。

黒い手袋からは黒いクマが召喚される。

白い手袋からは白いクマが召喚される。

▶**クマの転移門**
門を設置することによってお互いの門を行き来できるようになる。

3つ以上の門を設置する場合は行き先をイメージすることによって転移先を決めることができる。

この門はクマの手を使わないと開けることはできない。

魔法

▶**クマのライト**
クマの手袋に集まった魔力によって、クマの形をした光を生み出す。

▶**クマの身体強化**
クマの装備に魔力を通すことで身体強化を行うことができる。

▶**クマの火属性魔法**
クマの手袋に集まった魔力により、火属性の魔法を使うことができる。

威力は魔力、イメージに比例する。

クマをイメージすると、さらに威力が上がる。

▶**クマの水属性魔法**
クマの手袋に集まった魔力により、水属性の魔法を使うことができる。

威力は魔力、イメージに比例する。

クマをイメージすると、さらに威力が上がる。

▶**クマの風属性魔法**
クマの手袋に集まった魔力により、風属性の魔法を使うことができる。

威力は魔力、イメージに比例する。

クマをイメージすると、さらに威力が上がる。

▶**クマの地属性魔法**
クマの手袋に集まった魔力により、地属性の魔法を使うことができる。

威力は魔力、イメージに比例する。

クマをイメージすると、さらに威力が上がる。

装備

▶**黒クマの手袋（譲渡不可）**
攻撃の手袋、使い手のレベルによって威力アップ。

▶**白クマの手袋（譲渡不可）**
防御の手袋、使い手のレベルによって防御力アップ。

▶**黒クマの靴（譲渡不可）**
▶**白クマの靴（譲渡不可）**
使い手のレベルによって速度アップ。

使い手のレベルによって長時間歩いても疲れない。

▶**黒白クマの服（譲渡不可）**
見た目着ぐるみ。リバーシブル機能あり。

表：黒クマの服
使い手のレベルによって物理、魔法の耐性がアップ。
耐熱、耐寒機能つき。

裏：白クマの服
着ていると体力、魔力が自動回復する。
回復量、回復速度は使い手のレベルによって変わる。
耐熱、耐寒機能つき。

▶**クマの下着（譲渡不可）**
どんなに使っても汚れない。

汗、匂いもつかない優れもの。

装備者の成長によって大きさも変動する。

27 噂《うわさ》のクマさん

クマハウスを建てて数日、ここは名物通りになってしまった。

空き地に誰も知らないうちに建物ができあがり、その家の外観がクマ、そこの住人までクマの格好をしている……とくれば驚かずにはいられないのだろう。

クマハウスの周りには遠巻きで見ている人たちがたくさんいる。そのため、わたしは最近外出をしていない。

建てた初日は食事をするために出かけていったが、今は家で自炊している。

「ユナお姉ちゃん、今日の分の解体終わったよ」

フィナは解体の仕事を頼むと毎日解体しにくるので、3日仕事したら1日休むとルールを決めた。さらに解体数は一日5体までとした。そうでもしないと、フィナは黙々と仕事をし続けてしまうからだ。

一日5体までだったら、解体仕事は半日で終わる。

「ありがとう、気をつけて帰るんだよ」

「うん、ユナお姉ちゃんは仕事に行かないの？」

「そのうち、行くよ……」

最近、クマハウスが目立っているため、引きこもりぎみになっている。

前の世界だったら、問題はなかったけど。流石《さすが》にいつまでもこのままじゃまずいよね。明日は朝イチでギルドに行くかな。フィナの解体用の魔物も倒さないといけないし。


翌朝、久しぶりにギルドに向かうことにする。

「ああ、ユナさん！　やっと来てくれた」

ギルドの扉をくぐるとヘレンさんが叫ぶ。

ギルド迷惑なことを。

「ヘレンさん、おはよう」

挨拶《あいさつ》をしてヘレンさんのところに向かう。

「もう、最近はどうしてたんですか？　待っていたんですよ」

「待ってた？」

「はい、ユナさんに指名依頼が入っているんです」

「指名依頼？」

「はい、クリフ・フォシュローゼ様より依頼が来ています」

「……誰？」

そんな名前は知り合いにはいないし、聞いたこともない。

「ご存知ないんですか？　伯爵《はくしゃく》のフォシュローゼ様はこの街の領主様です」

「領主様？」

領主様、伯爵様というと貴族だよね。

そんな人物がわたしに依頼？

貴族といえば、漫画や小説の世界では、王族と並んで面倒ごとや厄介《やっかい》ごとを持ってくる存在だ。

できるなら関わりたくない。

だから、

「パスで」

「えっ」

「お断りで」

「えっ」

「わたし、帰りますね」

踵《きびす》を返し帰ることにする。

「ちょ、ちょっと、待ってください」

受付から乗り出して、ヘレンさんはわたしのクマの服を掴《つか》む。

「なに？」

「なに帰ろうとしているんですか」

「帰って寝るからよ」

「まだ、朝です」

「わたしがいつ寝ようとヘレンさんには関係ないでしょう」

「それじゃ、話を聞いてから寝てください。こちらはユナさんがなかなか来なくてフォシュローゼ様の使いの方が何度も来て困っています」

「わたしには関係ないでしょう」

「話だけでも聞いてください」

「ヤダ！」

「お願いしますよ〜」

ヘレンさんはクマの服を掴んで離そうとしない。

「聞いたら断っていい？」

「どうして、そんなに嫌がるんですか？」

「お婆ちゃんの遺言で、貴族と王族には近寄るなって言われたの」

「なんですかそれは」

「だって、貴族とか王族は、自分が気に食わないと、すぐに殺したり、牢屋に入れたり、いい女を見つけると体を求めたり、断ると脅迫したり、なにも罪がないのに罪人にしたり、平民からお金を巻き上げたり、金に物を言わせて好きなことをやっている存在でしょう。さらにその子供たちも横柄《おうへい》で、威張っていて、わがままで、なんでも自分の思い通りになると考えている人種でしょう」

「なんですか、その偏った考えは」

「違うの？」

「確かに、ユナさんがいうような貴族はいます」

いるんだ。

「だけど、フォシュローゼ様は違います。彼は優しい、立派な方ですよ」

「会ったことあるの？」

「見たことはあります。それに悪い噂は聞きませんから大丈夫です」

「裏で、殺しとかしていたら分からないじゃん。死人に口なしっていうし」

「どうして、そんな考えにいくんですか？」

漫画や小説の影響とは言えない。

「おい、こんな朝になにを騒いでいるんだ」

わたしとヘレンさんが言い合っていると奥から筋肉達磨《だるま》（ギルドマスター）がやってきた。

「ギルマス！」

「ヘレン、朝は混み合うのは知っているだろう。なにをやっているんだ」

「わたしのせいじゃありませんよ。ユナさんにフォシュローゼ様より指名依頼が入っていることをお伝えしたのですが、貴族に変な偏見を持っていて、仕事内容を聞いてくれないんです」

偏見じゃないよ。漫画や小説だと事実だよ。

「偏見？」

「貴族は気に食わないと人を殺すだとか、いい女を見つけると体を要求するとか、その子供も横柄でわがままとか、そんなこと言うんですよ」

「確かに、そうだな」

ギルドマスターが肯定した。

「ギルマス！」

「ああ、悪い。確かに、そんな貴族は存在する。でもクリフは違うから安心していいぞ」

クリフ？　貴族を呼び捨てしていいの？

「絶対？」

「ああ、知り合いだしな」

確かに冒険者ギルドのマスターなら領主と面識があってもおかしくはない。

「お願いしますよ。断るとギルドの信用問題に関わる」

ヘレンさんが両手でわたしのクマの服を摑む。了承するまで離そうとしない勢いだ。

「う〜ん、わかったよ。話だけ聞くよ」

話を聞かないといつまでも離してくれそうもないので聞くことにする。

「ありがとうございます。っていっても話すことはないですけど。ただ、家に来てほしいとだけ言いつかっています」

「なにそれ？」

やっぱり怪しさ100倍じゃない。もしや、誰も見ていないところで……。

「心配はいらんぞ。たぶん、噂のクマに会ってみたいだけだろう」

「噂のクマ？」

「ユナさんはこの街でちょっとした有名人になっているんですよ」

まあ、クマの着ぐるみを着て街の中を歩いていれば有名になるよね。

だからといって呼び出すことはないと思うけど。

「まあ、今回は諦《あきら》めろ。クマの格好をしていて、単独でウルフ、ゴブリンの群れを討伐。さらにゴブリンキングの討伐をしたクマ。そのうえ召喚獣にクマを呼び出して、クマの家まで建ててりゃ、噂にもなるし、それが耳に入れば領主だって会いたくもなるだろう」

「クマの家ってなんですか？」

どうやら、ヘレンさんはクマハウスを知らなかったらしい。

「知らないのか？　こいつ、土地を借りて家を建てたんだよ。それがクマの外観をしているんだよ。しかも、それが誰一人知らないうちに建てられたっていうんで話題になっているぞ」

「知りませんでした。今度見に行きます」

いや、来なくていいから。

普通に冒険者の依頼をこなして、普通に魔法で家（クマの家）を建てて、乗り物（クマの召喚獣）で討伐先に向かって、普段着（クマの服）で街を歩いているだけなのに。

「それって断れないの？」

断りたい。面倒。会いたくない。もう、帰りたい。

「さあな、普通貴族の依頼を断る冒険者はいないからな。断るなら街から逃げるしかないな。そんなことするくらいなら大概は会う方を選ぶ」

「面倒くさい」

その一言しか出てこない。

「そう言うな、面白がってるだけだろ。会うだけ会ってみたらどうだ」

会うしかないのかな。

「ちなみに会いに行くとして、いつ会いに行けばいいの。領主様だって暇じゃないでしょう」

「はい、何日か予定を伺ってます。明日か3日後の午後ならいつでもいいそうです」

そんなに忙しいなら、無理に会おうとしないでいいのに。

「依頼を受けるって言ってくれるまで、離しませんよ」

ヘレンさんは話している間もわたしのクマの服を掴んでいる。

「わかったよ。会いに行くよ。会いに行けばいいんでしょう」

「本当ですか。ありがとうございます」

やっと、ヘレンさんがクマの服を摑んだ手を離してくれる。

仕方なく、明日の午後に会いに行くことになった。

面倒だ。

28　クマさん、領主の館に行く

次の日の午後。領主様に会うためにヘレンさんに聞いたお屋敷に向かう。

お屋敷の前には怖そうな顔の警備兵が立っている。

警備の人にわたしが今日行くことはちゃんと伝わっているよね。

面倒で仕方ない。

でも、諦《あきら》めて門に向けて歩きだす。

警備兵はわたしを視界に捉えると、まっすぐに視線を向けて、決して外そうとはしない。

絶対に怪しまれているよね。着ぐるみが存在しないこの世界で、クマの着ぐるみを着た人物が近づいてくる。警備する仕事なら怪しむのは仕方ないけど。嫌な視線だね。

「なに用だ」

わたしのことを頭から足の先まで舐《な》めまわすように見る。

「わたしは冒険者のユナ。ここの領主様に呼ばれたんだけど」

「おまえが……、話は聞いている。確認のためにギルドカードを」

ちゃんと警備兵に話が通っているらしい。お約束なら、一問着《ひともんちゃく》があると思ったんだけど。

まあ、呼びつけておいて警備兵に伝えておかない馬鹿はいないか。

ギルドカードの確認が終わると、お屋敷の玄関まで案内してくれる。玄関まで来ると、20代前半のメイドさんに代わる。

本物のメイドさん、初めて見た。やっぱりメイドさんはいるんだね。黒と白のメイド服を着ている。メイド萌《も》えの人が見たら歓喜だろう。

メイドさんはララと名乗り、軽く頭を下げると部屋に案内してくれる。

わたしの着ぐるみを見ても反応が鈍い。一瞬、驚いたが、すぐに平常心に戻った。流石《さすが》メイドさん。

ララさんはお屋敷の中を黙って歩き、あるドアの前に止まるとノックする。

「クリフ様、冒険者のユナ様をお連れしました」

中から「入ってくれ」と返事がある。

「失礼します」

ララさんがドアを開けてわたしに部屋の中に入るように促す。

それに従い中に入ると、ドアは閉められる。

ララさんは入ってこない。

部屋は広く、大きな机、大きなテーブル、ソファーがある。

執務室って感じの部屋になっている。

そして、30歳前後の金髪の男が机の奥に座っている。

「そこのソファーに座ってくれ」

男性に言われるままに素直にソファーに座る。

「本当にクマの格好をしているんだな」

男がこちらにやってきてテーブルを挟んだ対面側のソファーに座る。

そして、わたしを見た男から苦笑がこぼれる。

やっぱり、くそ貴族だったらしい。

「笑い者にするために呼んだんなら帰るけど」

今すぐに帰りたい。

「いや、すまない」

「それでなんの用なんです？」

「噂《うわさ》のクマに会ってみたくてな」

確か、ギルマスも同じようなこと言っていたっけ。

「それに娘も会いたがっていてな」

「娘さん？」

「ああ、なんでも一度、おまえさんのことを街中で見かけたみたいでな。それから、報告に上がってくるおまえさんの評判を娘に話してやると喜んでな」

ちょっと！　個人情報保護法！

「それじゃ、娘さんのために呼んだってこと？」

「半分はそうだな。残り半分は街で噂のクマを俺が見たかったからだ」

わたしは動物園のクマか。

「クマじゃなくて、名前はユナよ」

「そうだったな。俺はクリフだ。知っていると思うが、この街の領主をしている」

お互いに自己紹介をする。

「それで、見たから満足したの？」

「そう怒るな。可愛《かわい》い顔が台無しだぞ」

可愛いって、面と向かって言われると恥ずかしいんだけど。

わたしは顔が見えないようにクマさんフードを深く被《かぶ》る。

「でも、おまえさんのような女の子がゴブリンキングやタイガーウルフを倒したとは信じられないな」

「嘘《うそ》かもよ」

「ちゃんと、おまえさんを呼ぶ前に調べさせてもらっている。一応、娘に会わせるからにはな」

調べるって。貴族と会うのだから仕方ないと思うけど、いい気分はしないね。

コンコンとドアがノックされる。

「ノアール様をお連れしました」

「入ってくれ」

ドアからフィナぐらいの年齢の女の子が入ってくる。

長い金髪の可愛らしい女の子だ。

「お父様、クマさんが来てるって本当ですか!?」

「娘のノアールだ。おまえさんに会いたがっていた」

女の子はわたしを見つけると目を輝かせる。そして、小走りで駆け寄ってくる。

「クマさんですね。わたし、ノアールっていいます。ノアってお呼びください」

「え〜と、わたしはユナよ。クマさんじゃなく、名前で呼んでもらえる？」

「はい、わかりました。ユナさんですね」

そう言うとノアはわたしの隣に座る。そして、わたしの方を見てくる。

「あのう、抱きついてもよろしいでしょうか？」

恥ずかしそうに尋ねられる。

「いいけど」

子供でも男の子だったら断ったけど。金髪美少女に頼まれたら断れない。

「ありがとうございます」

ノアは抱きついてくる。

わたしは胸のあたりにくる頭を撫《な》でてあげる。

もしかして、フィナといい、わたしは妹好きの妹属性なのかもしれない。

「柔らかいです。それにいい匂《にお》いがします」

お腹《なか》に頭を擦《す》りつけてくる。

「わたし、ユナさんを街で一度お見かけしたことがあるんですよ」

確か、クリフもそんなことを言っていたね。

「遠くからでしたけど。とっても可愛らしい格好でしたから目が引きつけられました。それからお父様から、ユナさんのお話を聞かせてもらって。ずっとお会いしたかったんです」

まあ、こんな着ぐるみを着た人がいたら会ってみたくなるのかな。

ここが日本なら、興味があっても、遠目から見てるだけでわたしは近寄らないけど。

「それで、わたしはどうしたらいいの？」

「特に決めていないが、娘の話し相手になってくれればいい」

「わたし、魔物を倒した話が聞きたいです」

聞きたいと言われても大した話はない。魔法を撃ち込んで倒しただけだ。でも、目を輝かせて聞きたがっている女の子のお願いを断れるわけがない。

一応、隠したいところは隠して、ゴブリンキング、タイガーウルフの討伐の話をしてあげる。

ノアは目を輝かせながら話を聞いている。その前で、クリフも黙って飲み物を飲みながら聞いている。

「凄《すご》いです！」

「信じてくれるの？　嘘かもよ」

「信じます。それにお父様からも同じことを聞いてます」

「さっきも言ったが、おまえさんのことは調べさせてもらったからな。討伐が嘘じゃないことぐらい調べはついている」

まあ、魔石で討伐された時期はある程度分かるらしいからね。

分からないことはわたしが本当に１人で倒したかどうかぐらいかな。

討伐の話も終わり、これでおしまいかなと思ったらノアがわたしを見る。

「最後にユナさんにお願いがあるんですが、いいですか？」

ノアは言いにくそうにしている。

「お願い？」

「その……、召喚獣のクマさんを見せてもらえないでしょうか？」

「召喚獣？」

「はい。お父様に召喚獣の話を聞いたときから、どうしても見たくて」

「俺も見てみたいな」

クマの召喚獣はある程度知れ渡っているから、見せてもいいんだけど。

「いいの？　危険かもよ」

「危険なのか?」

「召喚獣に攻撃を仕掛けたり、わたしに危害を加えたりしなければ大丈夫だよ」

「そんなことをするつもりはない。そもそも、おまえさんを攻撃するメリットがない。それに、そんなことをすれば娘に嫌われるからな」

領主のクリフの許可も出たので、お屋敷の庭でくまゆるたちを召喚することになった。

喜ぶノアを先頭にわたし、クリフと続き、最後にメイドのララさんがついてくる。

29　クマさん、依頼達成する

全員で裏庭っぽいところに移動する。

「ユナさん、このぐらいの広さで大丈夫ですか」

流石《さすが》に領主様の庭である。

広々としている。

話によると警備兵が訓練する場所らしい。

今は誰もいないけど。

「それじゃ、召喚するね。いでよ、くまゆる、くまきゅう」

別に掛け声は必要ないけど、それっぽくしてみる。

クマさんパペットから、大きな黒い毛玉と白い毛玉が出てくる。毛玉が動きだし、くるっと反転して、こちらに顔を見せる。

「くまゆる、くまきゅう、おいで」

わたしが呼ぶと嬉しそうにくまゆるとくまきゅうは駆け寄ってくる。

その姿が可愛《かわい》いね。

でも、後ろでは驚いている者、騒ぐ者がいる。

「クマです。クマさんです。ユナさん、触ってもいいでしょうか？」

ノアが飛び跳《は》ねている。

「ノアールお嬢様、危険です！　お下がりください！」

ララさんがノアの腕を摑《つか》んで自分の体でノアを守ろうとする。

「ララさん、離してください。クマさんが見えません。クマさんに触れません」

一生懸命にララさんを振りほどこうとするが、ララさんはしっかり摑んで離さない。

「クリフ様もなんとかおっしゃってください！」

「まあ、大丈夫だろう」

「クリフ様!?」

主人であるクリフに言われて仕方なく、ララさんは引き止めるのをやめる。

自由になったノアがゆっくりとクマに近づいてくる。

「本当に触ってよろしいでしょうか？」

「いいよ。優しく触ってあげて」

ノアは優しく、くまゆるに触れる。

もう片方の手でくまきゅうを撫《な》でてあげる。

2頭は目を細めて気持ちよさそうにする。

「とても、温かいです。そして、柔らかいです」

ノアはくまきゅうの首を抱きしめる。

「乗ってみる？」

「いいのですか!?」

「くまきゅう、いい？」

くまきゅうは返事の代わりに腰を下げて乗りやすいようにしてくれる。ノアは恐る恐るくまきゅうの背中に乗ろうとする。

「落ちないから大丈夫だよ」

手を貸して乗せてあげる。

くまきゅうはノアが乗ったのを確認するとゆっくりと立ち上がる。

「うわぁ〜、高いです」

くまきゅうの上で嬉しそうにしている。

「ユナさん、散歩していいですか？　家を1周するだけでいいので」

どのくらいの広さがあるか分からないけど、1周ぐらいならいいかな？

「うん、いいよ。くまきゅう、ノアをよろしくね」

くまきゅうは小さく鳴き、返事をする。そして、ノアを乗せてゆっくりと歩きだす。

「ノ、ノアール様！」

ララさんが慌てて、ノアを追いかけていく。ノアを見送ると、クリフがわたしのところにやってくる。

「すまないが、俺も触っていいか？」

クリフがくまきゅうに乗るノアの後ろ姿を見ながら尋ねてくる。

「いいけど」

断ることではないので許可を出す。クリフはゆっくりとくまゆるに触れる。

「おお、毛並みがいいな。それに肌触りもいい」

クリフは触りながらくまゆるの背中を見ている。

「乗りたいの？」

「いいのか？」

「ノアと一緒で1周だけですよ」

「ああ、分かった」

クリフはくまゆるに乗ると、ノアを追いかけるように行ってしまう。

それからしばらくすると、2頭が並んで戻ってくる。

「ユナさん、ありがとうございました。楽しかったです」

「ああ、俺も貴重な経験をさせてもらった」

クマたちの後ろから少し遅れてララさんが現れる。ララさんはかなりお疲れの様子だ。

わたしのせいではないので気にしないでおく。

「それじゃ、俺は仕事があるから家の中に戻る。ユナはノアのことを頼む。帰るときは俺のところに来てくれ」

クリフは屋敷の中に戻っていく。

ノアはくまきゅうの上が気に入ったのか降りてこない。


「気持ちいいです」

ノアはくまきゅうの上で寝そべっている。

しばらく、寝そべりながらくまきゅうを撫でていたが、その動作もなくなる。静かだなと思って見たら、小さな寝息を立てて眠っていた。くまきゅうにゆっくり歩くように言い、木陰に移動してもらう。流石《さすが》に日差しの中で寝かすわけにはいかない。

ララさんは心配そうにノアを見ている。

「心配しなくても大丈夫ですよ。でも、風邪を引いたら困るから、上にかけるものとかないですか？」

わたしに言われたララさんは急いで屋敷に中に戻っていき、毛布らしきものを持ってくる。

でも、くまきゅうの位置が高いのでかけることができない。

「くまゆる、手伝ってあげて」

くまゆるはララさんを両手で持ち上げる。

ララさんはされるがままに持ち上げられ、ノアに毛布をかけてあげる。

「ありがとうございます。くまゆる様」

どうやら、くまゆるに対して恐怖心はもうないらしい。

わたしとララさんはくまきゅうの上で寝るノアと同様に木陰で座る。

わたしはクマボックスから小さな樽《たる》と木のコップを２つ取り出す。

樽の中身はオレンの実の果汁。オレンジジュースみたいな味をしている。

コップに氷を入れてオレンの果汁を注ぎ、ララさんに渡す。

ララさんは受け取り、オレンの果汁を飲む。

「美味《おい》しいです」

「よかった」

「ありがとうございます。冷たくて美味しいです」

「お代わりもあるから好きなだけ飲んでね」

「それにしても、おとなしいですね」

ララさんはくまゆるとくまきゅうを見る。

「まあ、召喚獣だからね。野生のクマとは違うよ」

といっても野生のクマなんて見たことはないんだけどね。

「そうですね。ノアール様も楽しそうでした。ありがとうございました」

「お礼を言われることじゃないよ。一応、仕事だからね」

ララさんはこのお屋敷に勤めて5年になるとのこと。

ノアのことは5歳のときから見ていて、大切な存在らしい。

だから、あまり、心配をさせないでほしいと頼まれた。

でも、ノアを楽しませたことを感謝された。

しばらくララさんと話していると、くまきゅうの上で寝ているノアがもぞもぞと動きだす。

「おはよう。起きた？」

「あれ、ここは……」

ノアは目を擦《こす》りながらあたりを見回す。

「くまきゅうの上だよ。ノアは寝ちゃったのよ」

「そうだ。くまきゅうが気持ちよくて寝ちゃったんだ」

「ノアール様。そろそろ、中に入りませんか？　風邪を引くといけませんから」

「まだ、くまきゅうといる」

ノアはくまきゅうたちと離れるのを嫌がった。でも、このままではらちが明かないので、くまきゅうに合図を送る。

「くまきゅうも疲れているから休ませてくれないかな」

そうわたしが言うとくまきゅうが、

「くぅ～」

　小さく鳴いて眠そうな仕草をする。

「そうですよ、ノアール様。くまきゅう様はノア様が寝ている間も落ちないようにしてくれていたのですよ。くまきゅう様を休ませてあげてください」

　くまきゅうは首を少し回して背中に乗っているノアを潤む目で見る。ノアもくまきゅうの目を見返した。

「……うん、わかった。ごめんね、くまきゅう」

　ノアはくまきゅうから降りて優しく撫でてくれる。

「それじゃ、休んでね」

「くまきゅう、くまゆる、また遊ぼうね」

　わたしはくまきゅう、くまゆるを送還する。

「それではノアール様。お部屋に戻りましょう」

「わたしはクリフのところに行くね」

「えっ、ユナさん。もしかして、帰るんですか？」

「もう、わたしの仕事も終わったからね」

　依頼料分の仕事はしたはず。

「ユナさん、一緒に夕飯を食べましょうよ」

ノアがクマさんパペットを掴む。

断ろうとするが、そのままクマの手を引っ張られて屋敷の中に連れていかれる。

そこにちょうどクリフが現れ、夕飯の話になる。

結局、クリフからの誘いもあり、夕飯をご馳走《ちそう》になることになった。

夕飯を食べ、帰ろうとすると今度は泊まってほしいと言われるが、それは丁重にお断りする。

「ユナさん。絶対にまた来てくださいね」

門までノアとララさんが見送ってくれる。

ノアにまた来る約束をして別れた。

30　フィナ、仕事をする

数日前、ユナお姉ちゃんとタイガーウルフの討伐に行ってきました。

わたしはユナお姉ちゃんが仕事に行っている間、ユナお姉ちゃんの出したクマさんのお家で解体のお仕事です。

その前にお母さんの薬草を探しに行きましたが、迷子になるところでした。でも、くまきゅうのおかげで戻ってこれました。

今からわたしは解体の仕事をしなければなりません。それがわたしの仕事です。

くまきゅうには外で待ってもらい、わたしは倉庫に向かって、奥にある冷蔵倉庫からウルフを運びます。

ウルフは魔物の中では小さい方だけどわたしには大きいです。

頑張って１匹を運び、テーブルの上に載せます。

ユナお姉ちゃんが踏み台を用意してくれたので十分にテーブルの上で作業ができます。

剝《は》ぎ取りナイフで毛皮を剝ぎ取ります。肉を部位ごとに分けます。

魔石も取り、別に分けておきます。いらない部分はゴミ箱に捨てます。

なんでも、このゴミ箱は深い穴になっているそうなので落ちないように言われています。

怖いので気をつけることにします。

ウルフ解体の作業を何度か繰り返ししていると倉庫のドアが開きます。

ユナお姉ちゃんが帰ってきました。

もう、タイガーウルフを倒してきたのでしょうか。

まだ、解体の作業は終わってません。

お姉ちゃんからタイガーウルフの魔石を取ってほしいと言われました。

もちろん、仕事なので了承します。

出てきたタイガーウルフは大きくて驚きました。

こんな大きな魔物を倒せるユナお姉ちゃんは凄《すご》いです。

さっそく、魔石を取り出す作業をします。

タイガーウルフもウルフと同じ系列の魔物なので魔石の位置は同じはずです。

お腹《なか》の中心から魔石が出てきました。

魔石はウルフのものとは違い、倍近くの大きさがありました。

水で綺麗《きれい》に洗いユナお姉ちゃんに渡します。


それから、お昼を食べ、わたしは解体作業の続きをします。

ユナお姉ちゃんは寝るそうです。
タイガーウルフとの戦いで疲れたのでしょう。
わたしも頑張ります。
頑張って解体作業を終わらせます。
ユナお姉ちゃんを起こしに行きます。
2階に上がります。
どの部屋で寝ているのしょうか。
とりあえず、手前の部屋から覗《のぞ》いていくことにします。
一番手前の部屋をノックして中に入ります。
いました。
ベッドで気持ちよさそうに寝ています。
ユナお姉ちゃんを揺すって起こします。
「ユナお姉ちゃん、ユナお姉ちゃん」
ユナお姉ちゃんが起きます。
ベッドから降りたユナお姉ちゃんは白かったです。
まるでくまきゅうのように白いです。
黒いクマさんの格好も可愛《かわい》いけど、白いクマさんの格好も可愛いです。

どうやら、服を逆さまにすると黒クマと白クマに変わるようです。
解体が終わったことを伝えると帰ることになりました。
ユナお姉ちゃんはクマさんの家を消します。
魔法って凄いです。
帰りはくまゆるに乗ります。
なんでも、片方だけに構うと片方のクマさんの機嫌が悪くなるそうです。
その気持ちはわかるような気がします。
なので、帰りはくまゆるに乗って街に戻ってきました。
門兵の人が驚いてます。
このクマさんを見たら誰でも驚くと思います。
でも、クマさんは可愛いです。

翌日も仕事をするためにユナお姉ちゃんのところに行きます。
でも、解体する場所がないそうです。
確かに毎回街の外に行くのは大変です。
だから、解体できる場所を冒険者ギルドで相談するようです。
冒険者ギルドに行くと商業ギルドを紹介され、商業ギルドに向かうことになりました。

なんだか大事《おおごと》になってきました。不安になってきます。

商業ギルドに到着すると、皆さんがユナお姉ちゃんのことを見ます。やっぱり、あのクマさんの格好は目立ちます。

ユナお姉ちゃんは、受付のお姉さんと話をしたと思ったら、その場で土地を借りてしまいました。

借りる空き地の場所に案内してもらい、そこに一瞬でクマさんのおうちを建てます。

何度見ても、凄いです。

倉庫に入り、仕事をします。本日はタイガーウルフの解体をします。

解体の仕方はウルフと同じだけど、緊張します。

わたしでも知ってます。この毛皮が高いことは。綺麗に剝ぎ取らないと価値が下がってしまいます。

でも、頑張ります。

無事に解体が終わり、本日のお仕事が終わります。

それから、数日、毎日のようにユナお姉ちゃんの家に通いました。

解体をしていると、一瞬めまいがしました。

やばいと思ったら倒れてしまいました。

しかも、運が悪いことにユナお姉ちゃんに見られてしまいました。

ユナお姉ちゃんが駆け寄ってきます。
わたしの手を見て驚きます。
手から血が流れています。
倒れたときにナイフで手を少し切ってしまったようです。
少し、痛いです。
ユナお姉ちゃんが血が出ている部分に触れます。
魔法でしょうか。
温かくなったと思ったら、痛みが消えて、傷もなくなっていました。
凄いです。
ユナお姉ちゃんはクマさん手袋を外して、わたしのオデコに手で触れます。
どうやら、熱があるそうです。
とりあえず、2階の部屋のベッドで寝るように言われます。
ベッドに寝ていると、もう一度、額に触れます。
今度はクマさんの手のままです。
柔らかくて気持ちいいです。
だんだんと気持ちよくなって寝てしまいました。

目が覚めると夕方でした。

食事を用意したから、持って帰って家で食べるように言われました。

それから、明日は一日休むように言われました。

倒れた日から2日後、ユナお姉ちゃんの家に行くと。

これからは解体の仕事は3日したら1日休むように言われました。

もし、休日に他の仕事をしたら、もう解体の仕事はさせないとまで言われました。

これも、ユナお姉ちゃんがわたしの体のことを心配してくれているからなので、素直に従います。

31 クマさん、フィナの母親の病気を診《み》に行く

本日は休日。
フィナ同様、わたしも休みを取っている。
この1か月でいろいろなことが判明した。
まず、スキルはレベルが上がると自動的に身につくもの。
今、もっているスキルは7つ。

異世界言語：異世界の言葉が分かる（これがなかったらやばかったね）。
異世界文字：異世界の文字を読み書きができる（これがあるからギルドで仕事ができる。文字が読めなかったら大変だった）。
クマの異次元ボックス：生きているもの以外しまうことができる（試してみたけど、どのくらいの量、大きさが入るか知ることはできなかった）。
クマの観察眼：道具や武器の効果を見ることができる（まあ、普通のゲームなら普通にできることだね）。
クマの探知：危険な魔物や人の位置を知ることができる（魔物の位置がわかるのは便利だ

ね。魔物退治も楽にできる)。
クマの地図：行ったことがある場所の地図を自動作成してくれる（ＲＰＧの基本、自動マッピングシステムだね。これで、迷子にならずにすむ)。
クマの召喚獣：クマの手袋からクマが召喚される（移動に戦闘、護衛と万能なクマだ。難点は街中を連れ歩けないことかな)。

スキルとは別に存在するのが魔法。

魔法はこの世界のルールに則《のっと》っているらしい。

魔法は自分で努力して覚える。

でも、わたしの場合クマのおかげで簡単に魔法が使える。わたしがクマに魔力を流してクマが魔法を発動させる。そのため、わたしはクマ装備を着ていないと魔法は使えない。

この世界の魔法はイメージ次第で威力を増すようだ。知識、想像力などが魔法に影響する。

たとえば、火の魔法ではガスバーナーをイメージすると鉄も溶かす炎ができあがる。

たぶん、この魔法を見せてもこの世界の人はガスバーナーを知らないから、同じ魔法を発動はできないだろう。

氷もそうだ。水の分子の動きを止めるイメージなんてできないだろう。

だから、この世界の魔法は高度になればなるほどイメージするのが難しくなる。

そして、フィナが倒れたときに気づいたけど。

傷を治す魔法。あれも、イメージで効果が変わる。

傷、皮膚を塞《ふさ》ぐイメージをすると傷を治すことができる。

検証はしていないが、深手を負った場合も血管を繋《つな》ぐイメージなどで治る可能性が高い。まだ、確かめていないから確実なことは分からないけれど。

さらに、熱や病気を治す魔法だ。

これはゲームでいえば、毒や麻痺を治す魔法の分類に当たる。

体の中にある病原菌＝毒を消すと治すことができる。


この世界でのスキルや魔法などについて考えていると、玄関で音がした。

このクマハウスには結界が張られている。クマハウスを作ったときに自動的に発動した。わたしが認めた人物しか入れないようになっている。認めていない者は絶対に家の中に入ることはできない。現在、入れるのはフィナだけだ。

1階に下りようと廊下に出た瞬間、フィナが飛び込んできた。

「ユナお姉ちゃん！」

フィナの様子がおかしい。

抱きついているフィナの体が震えている。

「どうしたの？」

フィナを離して顔を見下ろす。

目を真っ赤にして泣いている。

「ユ、ユナ、お姉ちゃん、お、お母さんが……」

「落ち着いて」

「お母さんが苦しんで……、薬を飲ませても……、だめで……、ゲンツおじさんのところにも行ったけど……、薬を探してくるって言って戻ってこなくて……、わ、わたし、どうしたらいいか」

お母さんの状態が危ないらしい。

「うん、わかったから、フィナの家に案内してくれるかな」

もしかすると、毒や麻痺などを治す魔法で治療ができるかもしれない。

フィナと一緒にフィナの家に向かう。

小さな家、ここでフィナは母と妹と3人で暮らしているのか。

家の中に入ると、フィナのお母さんが寝ている部屋に向かう。

ベッドには苦しんでいる女性が寝ている。

そのベッドのそばでは小さな女の子が泣いており、その隣にはゲンツさんが立っている。

「フィナ、それにクマの嬢ちゃんも」

「ゲンツおじさん!?」

「遅くなってすまない」

「お母さんの薬は？」

「すまない」

ゲンツさんは一言だけ言って頭を下げる。

フィナのお母さんが苦しみながら手を一生懸命にのばし、娘の頭を力ない手で撫《な》でる。

「ゲンツ、もし、わたしに、なにか、あったら、娘たちのこと、お願い」

「な、なにを言っている。もしってなんだ！」

ゲンツさんはフィナのお母さんの言葉に叫ぶ。

「ゲンツ、あなたには、いろいろ、迷惑を、かけたわね。薬のことも、フィナのこともありがとうね」

話すたびにフィナの母親は額に汗を浮かべて苦しそうにする。

「大丈夫だ。寝ていれば、よくなる。もう、しゃべるな。それまでは2人のことは俺が面倒をみる。だから、おまえは病気を治せ」

「シュリ……、フィナ……、顔を見せて」

「「お母さん！」」

　２人は母親のベッドに駆け寄る。

「なにもしてあげられなくてゴメンね。それと、ありがとうね、フィナ、シュリ」

　２人に笑顔を一生懸命に向けるが、その笑顔は苦しみが混じっている。

　もう、限界なのか、目を瞑《つぶ》って苦しみを耐えている。

　３人が母親の周りに集まって、泣いたり、名を叫んだりする。

　ポフポフ。

　手を叩《たた》いて皆を落ち着かせようとしたが、クマの手ではパンパンとは音が出なかった。でも、みんなわたしに気づいてくれる。

「とりあえず、３人とも落ち着いて」

「ユナお姉ちゃん？」

「できるか、分からないけど、診るからどいて」

　フィナは妹の手を引いてベッドから離れる。

　妹は泣いて、フィナに抱きついている。

　わたしはベッドの横に立ち、フィナの母親を見る。

　まだ30歳前後の女性だ。

　でも、体は痩せ細っている。あまり、物を食べていないのだろう。

「少し我慢してくださいね」

苦しんでいる母親の体の上に両手を乗せる。

魔力を両手のクマさんパペットに込める。

体全体から病の元がなくなるようにイメージをする。

「キュア」

呪文は必要ないが、この方がイメージがしやすい。

魔法が発動されると母親の体が光に包まれる。

徐々に苦しむ顔から解放されて、呼吸も落ち着いていく。

成功かな。

でも、体力がかなり減って衰弱している。

「ヒール」

別の魔法を唱える。

体力を回復させる。

母親の目がゆっくりと開く。

そして、何事もなかったかのようにベッドから起き上がった。

「……苦しくない」

「お母さん！」

娘2人が駆け寄る。

「どうやら、成功したみたいね」

「嬢ちゃん、なにをしたんだ。まるで、高位の神官様のようだった。いや、今はそれはいい。嬢ちゃん、ありがとな」

ゲンツさんは目にうっすらと涙を浮かべてわたしのクマさんパペットを強く握り締め、感謝の言葉をくれた。

「ユナお姉ちゃん、ありがとう」

フィナも目に涙を溜《た》めながらお礼を言う。

「その、ありがとうございます。あなたがわたしを治してくれたんですか」

「フィナが泣くからね。でも、しばらくは安静にしてくださいね。まだ、完治したか分からないし、ずっと寝ていたから体力もないと思うし」

あくまで、魔法で体力を回復させただけだ。栄養などは補給していない。痩せ細った体も回復するわけではない。あくまで、一時的なものだ。

「その、お礼はどのぐらい支払えばよろしいのでしょうか。見ての通り、わたしには支払えるものはなにもないのです」

「待ってくれ、俺が支払う。嬢ちゃん、すぐには無理だが、きっと払う。だから、この親子にはなにもしないでくれ」

なんか、わたしが悪役になっている感じがする。

病気を治したのだから、金を払え！　払えないなら、娘を貰《もら》っていくぞ！

……って娘をさらっていく感じの。

これがロリコン悪役なら、

『へっへっへ、支払いなら可愛《かわい》い娘さんが2人もいるだろう』

とか言うのかな。だから、誤解を解かないといけない。

「別にお金はいらないよ。わたしはフィナの笑顔を守りたかっただけよ」

そう言ってフィナの頭を撫でる。

わたし、今いいこと言った。

フィナはわたしの言葉に感激して抱きついてくる。

なんか、罪悪感が……。

「でも、それじゃ」

「そうだ、俺にできることがあればなんでも言ってくれ」

「わたしも元気になったら、なんでもします」

なんでも！

言ったね。なんでもって。

「それじゃ、2人にしかできないことを、してもらおうかな」

「……」

「……」

嫌な空気が流れる。

フィナと妹を見る。

「フィナ、妹さんと一緒に美味《おい》しいものを買ってきて。お母さんに栄養がつくものを食べさせてあげて」

クマボックスからお金を出して、フィナに渡す。

「でも……」

「いいから。お母さんは大丈夫だから、行ってきて」

「うん、わかった。シュリ行こう」

手を取り合って家を出ていく２人を見送って、改めてゲンツさんと母親を見る。

「俺たちになにをさせるつもりだ」

「フィナたちのために、２人は一緒に暮らしてあげて」

「……はあ」

「……えっ」

２人の口が開いたまま塞がらない。

「ゲンツさんが、フィナのお母さんのことを好きなのは知っています」

フィナに聞いたからね。

「お、おまえ」

「だめですよ。フィナも知っていることだよ。それにフィナのお母さんも子供たちをゲンツさんに預けられるほど信用しているし、嫌いではないのでしょう」

「……それは」

うっすらと頬《ほお》を染める。

「それに、あの子たちに苦労をかけるわけにはいかないでしょう。ゲンツさんはギルドの職員をしているから収入も安定しているだろうし。女3人ではなにかと心配があるし、いつまでも安心できないし」

「だが……」

「ゲンツさんはフィナのお母さんのことが好きなんでしょう？」

「それは……」

ゲンツさんは唾《つば》を飲み込む。

そして、フィナのお母さんの方を見る。

「ティルミナ、お、俺と結婚してくれ、昔から、好きだった。ロイには悪いけど、おまえのことが好きだ！」

「ゲンツ……ありがとう」

わたしはそっと部屋を出ようとする。

2人っきりにさせてあげよう。

「どこに行くんだ」

でも、そんなわたしの気持ちを裏切ってくれるおっさん。

「帰るよ。あとは家族の問題だからね」

「そうか、その、ありがとな」

照れくさそうに礼を言う。

「しっかり、フィナたちの面倒を見てね」

「ああ、任せろ」

「もし、お母さんの容態が悪くなったら呼んでね」

わたしはフィナの家を後にしてクマハウスに戻った。

32　フィナ、クマさんにお願いをする

朝起きたら、お母さんが苦しんでいました。
いつもと苦しみ方が違います。
意識がありません。
いくら呼んでも返事がありません。
薬を飲ませようとしても飲めません。
それでも、頑張って飲ませました。
でも、よくなりません。
お母さんの額からすごく汗が流れてます。
妹のシュリは心配そうにベッドの近くで、お母さん、お母さんと呼んでいます。
このままではだめです。
何もできません。
「シュリ、お母さんのことをお願い」
「お姉ちゃん？」
妹が心配そうにわたしを見ます。

「ゲンツおじさんのところに行ってくるから。大丈夫だよ。ゲンツおじさんならなんとかしてくれるから」

わたしは妹の頭を優しく撫《な》でて、ゲンツおじさんの家に向かいます。

この時間なら、まだ仕事に行っていないはず。

わたしは走りました。

まだ、人通りが少ないから走りやすい。

ゲンツおじさんの家に来ると、わたしはドアを思いっきり強く叩《たた》きます。

「ゲンツおじさん！　ゲンツおじさん！」

ドアを叩くとゲンツおじさんが出てきました。

「どうしたんだ。こんな朝早く」

「お母さんが」

「ティルミナがどうした！」

「苦しんでいるの。いつもと違うの」

もう、涙が止まりません。

「薬を飲んでも治らないの」

「すぐ行く」

ゲンツおじさんは走りだします。

わたしも一生懸命に走ります。

家に着く頃には先を走ってたゲンツおじさんの姿は見えませんでした。

家に入ると、ゲンツおじさんがお母さんに声をかけています。

でも、お母さんの反応がありません。

「くっそ！」

ゲンツおじさんがわたしとシュリを見ます。

「薬を探してくる。おまえたちはお母さんを見てろ」

ゲンツおじさんは家を飛び出していきます。

わたしはお母さんの手を握ります。

すると、シュリも一緒にお母さんの手を握ってきます。

お願いします。どうか、お母さんを救ってください。

わたしができることならなんでもしますから。

どうかわたしたちから、お母さんを連れていかないでください。

お願いします……。

「お母さん……」

「フィナ、シュリ……」

「お母さん！」

お母さんが意識を取り戻しました。

願いが通じました。

「フィナ、シュリ、ごめんなさい」

どうして、謝るのでしょうか。

お母さんはなにも悪くありません。

お母さんの目に涙が浮かんでいます。

「お母さん」

「もう、だめかも。もし、母さんが死んだら、ゲンツを、頼りなさい。あの人なら、きっと助けてくれるから」

お母さんが苦しそうに話します。

お母さんが死ぬ？

考えたくありません。

「ごめんね、2人とも。こんなお母さんで」

弱々しい手でわたしたちの手を握り返してきます。

ゲンツおじさんが出ていってから、どのくらい時間がたったのでしょうか。

戻ってきません。

数分ぐらいかもしれませんが、もう、何時間もたっている感じがします。

早く、帰ってきて。

「ううっ」

お母さんがまた苦しみ始めました。

誰か、助けて。

シュリの小さな手がわたしの手を強く握ります。

わたしが諦《あきら》めたらだめです。

「シュリ」

シュリの目を見ます。

不安そうにしてます。

「お母さんの手を握っていて」

わたしの手を握っていた手でお母さんの手を握らせます。

「お姉ちゃん?」

「もしかしたら、ユナお姉ちゃんなら」

お母さんのことはシュリに任せてわたしはユナお姉ちゃんの家に向かって走ります。

疲れたなんて言えません。

ユナお姉ちゃんの家。クマさんの家が見えてきました。

わたしはノックもせずにドアを開けます。

「ユナお姉ちゃん！」

家の中に入るとユナお姉ちゃんがいます。

「どうしたの？」

「ユ、ユナ、お姉ちゃん、お、お母さんが……」

だめです。声が上手《うま》く出ません。

「落ち着いて」

「お母さんが苦しんで……、薬を飲ませても……、だめで……、ゲンツおじさんのところにも行ったけど……、薬を探してくるって言って戻ってこなくて……、わ、わたし、どうしたらいいか」

ユナお姉ちゃんの顔を見たら涙が止まりません。

ここに来たけどユナお姉ちゃんはお医者様でも、薬師《くすし》様でもありません。

でも、ユナお姉ちゃんならなんとかしてくれるかもと思ってしまいました。

ユナお姉ちゃんは優しく、わたしの頭を手を置きます。

「うん、わかったから、フィナの家に案内してくれるかな」

ユナお姉ちゃんが優しい笑顔で言います。

わたしはユナお姉ちゃんを家に案内します。

家に着き、中に入るとゲンツおじさんがいます。

もしかして、薬が手に入ったのでしょうか。

「フィナ、それにクマの嬢ちゃんも」

「ゲンツおじさん⁉」

「遅くなってすまない」

「お母さんの薬は？」

「すまない」

ゲンツおじさんは頭を下げます。

そんなに簡単に薬が手に入るようだったら、これまでにゲンツおじさんが手に入れているはずです。

だから、ゲンツおじさんを怒ることはできません。

わたしはお母さんに近づきます。

見ていられないほどに苦しんでいます。

「ゲンツ、もし、わたしに、なにか、あったら、娘たちのこと、お願い」

「な、なにを言っている。もしってなんだ！」

「ゲンツ、あなたには、いろいろ、迷惑を、かけたわね。薬のことも、フィナのこともありがとうね」

「大丈夫だ、寝ていれば、よくなる。もう、しゃべるな。それまでは2人のことは俺が面倒をみる。だから、おまえは病気を治せ」

「シュリ……、フィナ……、顔を見せて」

「「お母さん！」」

涙でお母さんの顔が見れません。

お母さんは力ない手でわたしたちを抱き寄せます。

「なにもしてあげられなくてゴメンね。それと、ありがとうね。フィナ、シュリ」

お母さんが目を閉じました。

「ゲンツ、ありがとう」

もう、目を開けることもできないみたいです。

お母さんの手を握り締めます。

お母さんは握り返してくれません。

もう、このまま目を開けてくれないかもしれません。

二度と名前を呼んでもらえないのでしょうか。

お母さん、お母さん、お母さん。

涙が止まりません。

ポフポフ。

後ろで変な音が聞こえました。

振り向くとユナお姉ちゃんが手を叩《たた》いていました。

「とりあえず、3人とも落ち着いて」

「ユナお姉ちゃん？」

「できるか、分からないけど、診《み》るからどいて」

ユナお姉ちゃんはベッドからわたしたちを引き離します。

「少し我慢してくださいね」

ユナお姉ちゃんはお母さんの体の上にクマさんの手を乗せます。

「キュア」

お母さんの体が光ります。

その輝きは綺麗《きれい》で、神様がいるような温かさを感じます。

お母さんの呼吸が落ち着いてきます。

信じられません。

さっきまで、息苦しそうにしていたお母さんの呼吸が落ち着きました。

「ヒール」

次に違う魔法を唱えました。

お母さんの目がゆっくりと開きました。

そして、何事もなかったかのようにベッドから起き上がりました。

「……苦しくない」

「お母さん！」

わたしは駆け寄ります。

「どうやら、成功したみたいね」

「嬢ちゃん、なにをしたんだ。まるで、高位の神官様のようだった。いや、今はそれはいい。嬢ちゃん、ありがとな」

ゲンツおじさんがお礼を言います。

そうです。わたしはお礼を言ってません。

「ユナお姉ちゃん、ありがとう」

それから、ゲンツおじさんとお母さんとでお礼の話になりました。

そうです。前にゲンツおじさんに聞きました。

お母さんの病気を治すには高いお金を払って神官様に頼むしかないと言ってました。

その金額は凄《すご》く高かったのを覚えています。

わたしの家にはそんなに払うお金はありません。

でも、お母さんの命の恩人です。

わたしができることがあれば一生かかってでも払います。

でも、ユナお姉ちゃんから出てきた言葉は違いました。

「別にお金はいらないよ。わたしはフィナの笑顔を守りたかっただけよ」

また、泣きそうです。

わたしは生きている間にユナお姉ちゃんに恩を返せるのでしょうか。

「でも、それじゃ」

「そうだ、俺にできることがあればなんでも言ってくれ」

「わたしも元気になったら、なんでもします」

そうです。ユナお姉ちゃんがお礼をいらないと言ってもそれではだめです。

わたしもできることがあればなんでもします。

でも、ゲンツおじさんとお母さんが「なんでも」と言った瞬間、ユナお姉ちゃんの口の端が吊《つ》り上がったように見えました。

「それじゃ、2人にしかできないことを、してもらおうかな」

ユナお姉ちゃんがそんなことを言いだしました。

部屋の空気が重くなります。

なにを言われるのでしょうか。

ユナお姉ちゃんは部屋を見回し、最後にわたしとシュリを見ます。

「フィナ、妹さんと一緒に美味《おい》しいものを買ってきて。お母さんに栄養がつくものを食べさせてあげて」

そう言ってお金を渡してくれます。

わたしたちには聞かせたくない話なのでしょうか。

ユナお姉ちゃんは、お母さんたちになにを言うつもりなんでしょうか。

でも、ユナお姉ちゃんの言うとおり、元気になったお母さんに栄養があるものを食べさせたい気持ちもあります。

結局、シュリを連れて栄養があるものを探しに行くことになりました。

気になりますが仕方ありません。

33 クマさん、買い食いをする

フィナの母親の名前はティルミナさん。

ティルミナさんの健康状態は良好だ。完全に治ったと思って間違いないだろう。

さらにティルミナさんとゲンツさんは結婚することになった。

今は4人で住む家を探している。

これまでのフィナの家では4人で暮らすには狭すぎるし、ゲンツさんに至っては狭い家に1人で住んでいるらしい。

でも、なぜか、フィナとシュリがクマハウスにいる。

「え〜となんで、2人がここにいるのかな？」

「ゲンツおじさん、じゃなくて、お父さんとお母さんを2人っきりにさせてあげようと思って」

それって10歳の娘が考えること？

「迷惑でしたか？」

「別にいいけど、4人でいることも大事だよ」

「家が見つかったら4人で暮らしますから大丈夫です」

「でも、なんで勉強しているの」

そう、クマハウスでシュリが文字の勉強をしている。

「わたしはお母さんから、文字は教えてもらいました。でも、シュリはお母さんが病気になってから教えてもらうことができなくて。わたしも、家の仕事やお金を稼がなくちゃいけなかったから、この子に教えてあげられなくて」

でも、勉強っていっても汚い紙に文字が書いてあるだけのものだ。

書くものがなければ、練習する紙もない。

見て文字を覚えるだけだ。

これで覚えられるのだろうか。

「なら２人とも、勉強道具を買いに行こう」

「えっ」

「そんな勉強法じゃ、覚えるのに時間がかかるよ」

「でも……」

フィナが何を考えているか手に取るように分かる。

「お金の心配なら大丈夫だよ。結婚祝いでプレゼントするよ」

「結婚するのはお母さんなんですけど」

「細かいことは気にしないの」

２人を連れてクマハウスを出る。

2人は仲良く手を繋《つな》いでる。いい姉妹だ。

まずは本屋に向かう。

「すみません！」

本屋のお婆ちゃんに大きな声をかける。

「なんじゃい。そんなに大きな声を出さなくても聞こえておるよ」

「すみません、子供用の絵本ありますか？　文字の勉強をしたいんですけど」

「絵本、文字の勉強かい。それなら、これと、これと、あれじゃな」

お婆ちゃんが3冊の絵本と文字表らしきものを持ってきてくれる。

とりあえず、全部買うことにする。

「毎度」

商品を受け取って店を出る。

次に雑貨屋で紙と書くための道具を買う。

一通り勉強道具は揃《そろ》い、小腹が空《す》いたので広場の屋台で買い食いをすることにする。

広場に来るといろいろな屋台が並んでいる。

美味《おい》しそうな匂《にお》いがあっちこっちから漂ってくる。

広場に入って一番近い屋台に向かう。

串焼きを売っている。いい匂いがする。

「おじさん３本ちょうだい」

「おお、クマの嬢ちゃんか。３本な。はいよ！　いつもありがとな」

おじさんが串焼きを３本渡してくれる。

わたしはそれを１本自分の口に咥《くわ》え、残りをフィナとシュリに渡す。

「ありがとうございます」

「ありがとう」

「次はあっちに行こう」

屋台が並んでいる広場を見て、次の獲物（食べ物）を探す。

「クマの嬢ちゃん！　野菜のスープはどうだい」

近くの屋台から声がかかる。

大きな鍋から湯気が上がり、とっても美味しそうだ。

「うん。３つ貰《もら》おうかな」

「まいどー」

木の器に、温かい野菜のスープをよそってくれる。

食べ終わったら器は返すシステムになっている。

スープを受け取り、２人に渡す。

「クマの嬢ちゃん。なら、スープにパンはどうだい？」

「ずるいね。クマのお嬢ちゃん、こっちの焼き肉はどうだい」

今度は周りの屋台から声がかかる。

「それじゃ、こっちの搾りたての果汁はどう?」

いろいろな果物の果汁を売っているお姉さんも参戦してくる。

「そうね。今日はパンって気分だから、小さいパンを3つちょうだい」

「おお、ありがとよ」

パンを販売しているおじさんが礼を言ってパンを渡してくれる。

買わなかった店には謝罪をしておく。

「今度買いに来るから」

「いいってことよ」

「今度は食べに来ておくれよ」

パンを受け取り、周りの屋台の人に挨拶《あいさつ》をして、近くの空《あ》いているベンチに座る。

最近、広場での買い食いが増えたせいか、屋台の人たちと顔見知りになってしまった。

このクマの格好のせいかもしれないけど、広場を歩くと声をかけられることが日毎に増えている。

それで、よく買い食いをしてしまう。

太ってないといいけど。

クマの服の上からお腹《なか》の肉を摘《つま》んでみる。

大丈夫だと信じたい。

太らないスキルでもあればいいんだけど。

「それじゃ、食べようか」

「ありがとう。ユナお姉ちゃん」

「ありがとう」

シュリが姉の真似をしてお礼を言う。

２人揃って可愛《かわい》いな。

３人で、ゆっくりとスープとパンを食べる。

スープにはいろいろな野菜が入っている。この世界の食材は日本にあった食材と酷似している。

でも、ニンジン、大根、キャベツ、キュウリなどの野菜は見かける。

でも、日本人として大事な、米と醤油《しょうゆ》、味噌《みそ》が見つからない。

ラーメンとか麺類も恋しい。

小麦粉はあるみたいだし、うどんぐらいならどっかにあるかな？

でも、このスープもパンも十分に美味しい。

食べ終わると、勉強するためにクマハウスに戻ることにした。

後日、買い食いをしたことがティルミナさんとゲンツさんにばれて、わたしが怒られることになった。
2人がせっかく用意した夕飯を食べなかったそうだ。
買い食いは食べ過ぎに注意しよう。
でも、勉強道具は感謝された。

34　クマさん、引っ越しの手伝いをする

フィナたち家族が住む新居が決まった。

場所はゲンツさんの要望の冒険者ギルドの近くで、独り身で寂しく貯めたお金で家の購入を決めたらしい。

今日は引っ越しの手伝いをするためにフィナの家に来ている。

「持っていくものはこっちに持ってきて。細かいものはまとめて箱に入れてね」

箱に入れられた荷物をクマボックスにしまっていく。

「このテーブルも持っていくの？」

「新しいの買うお金がないからお願い」

「それじゃ、この椅子も持っていくよね」

「お願い」

ティルミナさんの指示に従って荷物をクマボックスにしまう。

その間にも荷物が運ばれてくるので、どんどん、しまっていく。

フィナもシュリも自分たちの少ない荷物を一生懸命に箱に入れている。

「ユナお姉ちゃん。ベッドお願いしてもいい？」

「いいよ」

フィナの部屋にやってくる。部屋に残っている荷物は隅に箱がいくつかあり、あとはベッドが1つあるだけだ。

「1つ？」

「はい、わたしとシュリは一緒に寝ていますので」

「なら、今度は新しいお父さんに買ってもらわないといけないね」

フィナのベッドをクマボックスにしまう。

ついでにティルミナさんの部屋に行って同じくベッドをしまう。

「それにしてもクマの嬢ちゃんのアイテム袋は凄《すご》いな。普通は大きいものはリヤカーで運ぶんだがな」

まあ、運営（神様）から貰《もら》ったアイテムですからね。

それから各部屋に向かい大きな家具をしまっていく。

「運ぶ荷物はこれで終わり？」

部屋の中は見事に何もない。

他の部屋も同様だ。

「うん、ありがとうね。ユナちゃん」

ティルミナさんから、感謝の言葉をもらう。

フィナの家の荷物は終了したので次はゲンツさんの家に向かうことになる。

なんだろう。

男のひとり暮らしは汚いとはよく言ったものだ。

ゲンツさんもその例にもれないらしい。

それ以前に数日前から引っ越すと分かっていて、どうして片付けていないのかが疑問だ。

「酷《ひど》いわね」

ティルミナさんが家の中を見て小さく呟《つぶや》く。

「すまない」

頭を下げるゲンツさん。

「ユナちゃん、悪いけど娘2人を連れて新しい家に行っていてもらえる？」

「いいですけど」

「フィナ、先に自分たちの部屋の荷物を並べておきなさい。部屋割りは昨日説明したからわかるでしょう。あと、部屋はある程度は掃除してあるけど、細かい部分はしてないから、それもお願い。片付けは寝る場所を優先してね。それが終わったら、荷物の配置はあなたに任せるから、他の部屋の片付けもお願い。わたしもこの家の片付けが終わったら行くから」

フィナに家の鍵を渡す。

次にわたしの方を見る。

「ユナちゃん、悪いけど、荷物を置いたら、もう一度ここに来てもらえるからしら」

「はい」

「じゃ、3人ともお願いね」

流石《さすが》、大人の女性、2人の子供を持つ主婦。指示がてきぱきとしている。

わたしたちはフィナたちの新しく住む家に向かう。

位置的にギルドと前にわたしが泊まっていた宿の中間地点にある。

「ここです」

前の家より、一回り大きな家。

ティルミナさんから預かった鍵でドアを開ける。

前もって掃除をしていたのか、埃《ほこり》っぽくない。

「ユナお姉ちゃん。掃除道具を出してもらっていいですか」

わたしは掃除道具を出す。

フィナはバケツを持って台所に向かい、水の魔石から水を汲《く》む。

「ユナお姉ちゃん、2階にいいですか」

3人で2階に上がる。2階には2部屋ある。フィナは2階の右の部屋に入る。部屋の大きさは6畳以上はある。日本人感覚でいえば少し広めの部屋だ。

フィナは窓を開けて空気を入れ替える。

「シュリ、他の部屋も窓開けておいて。それが終わったら、掃除をお願い」

シュリは頷《うなず》くと部屋から出ていく。

「ユナお姉ちゃん、荷物をお願いできますか」

わたしはフィナの指示通りに家具、ベッドを置いていく。

多少ずれてもクマの力を使えば移動はできる。

最後にフィナ、シュリの荷物が入った箱を床に置く。

次にティルミナさんが使う部屋に行き、ベッド、家具、荷物を床に置く。

細かい荷物は後回しにして1階に戻る。

そこではシュリが小さい体で一生懸命に掃除をしている。

台所にテーブル、椅子、食器などを出していく。

分からないものは1階の使っていない部屋に置いておく。

「フィナ、荷物はこれで全部だから。わたし、ゲンツさんの家に行くね」

「ありがとうございました」

「ありがとう」

フィナ、シュリがそれぞれが礼を言う。

「2人とも頑張ってね」

ゲンツさんの家に着くと、箱が山積みになっている。

とりあえず、箱に詰め込んだって感じだ。

「ユナちゃん、そこにある荷物お願いできる？」

ティルミナさんの指示に従い、荷物をクマボックスにしまっていく。

部屋にいるゲンツさんを見ると疲れきった顔をしている。

それでも、ティルミナさんの指示に素直に従って片付けをしている。

もう尻に敷かれているらしい。

荷物を次から次へとしまっていくと終わりが見えてくる。

最後の荷物をクマボックスに入れて終了となる。これでゲンツさんの家も空になり、新居に向かう。


家の中に入ると荷物の山が半分以上片付いている。

わたしたちが家に入ってきたことに気づいたフィナとシュリがやってくる。

「フィナ、シュリ、ご苦労様。結構、片付いたわね」

「でも、まだ終わっていません」

「1日で終わるわけないわ。とりあえず、今日は寝る場所だけ確保しましょう。ユナちゃん、家具以外の手で運べるものは1階の奥の部屋にお願い。それ以外は指定の場所にお願い」

とりあえず、ゲンツさんの家から持ってきた大きな荷物をそれぞれの部屋に配置していく。

決まった部屋に置く荷物は隅に置き、後日片付けることにするらしい。

どこに置くか決まっていないものは先ほどの1階の部屋に置いておく。

「とりあえず、寝る場所は確保したから、今日はここまでね」

2階から1階にティルミナさんが下りてくる。

「フィナ、台所と食材の準備はできてる？」

「ごめんなさい。まだ、片付いてないです」

「ううん、フィナとシュリは頑張ったわ。どこかの馬鹿が前もって片付けをしていなかったせいだから気にしないでいいわよ」

「すまない」

うな垂れるゲンツさん。

「でも、今から食事の準備をしたら、時間がかかっちゃうわね」

「なら、どこかに食いに行くか」

ゲンツさんが名誉を挽回するためにアイディアを出す。

「だめよ。4人で暮らすとこれから必要なものも出てくるわ。わたしにはお金の蓄えもないし、あなたが貯めたお金をこんなことで使うことはできないわ」

「だが、今から食事も作れないだろう。どうするつもりだ？」

２人が睨《にら》み合う。新居に引っ越しをした1日目で離婚はやめてよ。

「ああ、わかった。わたしが払うから、どこかに食べに行こう。それならいいでしょう」

「これ以上、ユナちゃんに迷惑をかけることはできないわ。荷物を運んでもらっただけでも感謝しているんだから。もし、これで人を雇ったらお金もかかるし、わたしたちだけでやったら、ベッドとか大きいものを運ぶだけで数日かかるわ。それをやってもらっただけでも感謝しているのよ。その手伝ってもらったあなたのお金で食べに行くなんて、そんな恥知らずなことはできないわ」

わたしは気にしないけど。

確かに常識を持っている人ならそう考えるかもしれない。

病気も無償で治してもらい、引っ越しの手伝いも無償で頼む。さらに食事まで奢《おご》ってもらう。

わたしでも断るかも。

「なら、わたしの家でティルミナさんが料理を作るのはどうですか？」

「ユナちゃんの家？」

「食材も自由に使っていいから、美味《おい》しいものを作ってください」

「う〜ん。それなら、いいかな。わかったわ。美味しいものを作ってあげる」

やっと妥協案が見つかり、５人でクマハウスに向かうことになった。

35　クマさん、クマ風呂に入る

引っ越しを終えて、クマハウスに到着する。

「何度見ても、この家凄《すご》いわね」

ティルミナさんとゲンツさんの２人は何度かクマハウスに来たことはある。

命が助かったあとあらためて家まで来てお礼を言われ、フィナの解体の仕事が見たいとかでクマハウスを案内している。

「それじゃ、台所を借りるわね。フィナ、お手伝いをお願い」

「わたしもする」

シュリも料理のお手伝いに参加を表明する。

「食材は好きに使ってくれていいから」

「うん、ありがとうね。ほんとうなら、食材もわたしたちが出さないといけないのに」

「食べきれないほどあるから、気にしないでいいよ」

「いつも、ウルフの肉も貰《もら》っているのに、返せていない恩がどんどん増えていくわね」

ティルミナさんは娘を２人連れて台所に向かう。

残ったゲンツさんとわたしは椅子に座って待つことにする。

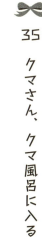

「凄い家だな」
周りを見回して小さく呟《つぶや》く。
「あれはタイガーウルフの毛皮か」
壁にフィナと初めて討伐に行ったときのタイガーウルフの毛皮が飾ってある。
もう1枚は自分の部屋の毛布代わりに使っている。
「初めてクマの嬢ちゃんを見たときは、こんな凄い嬢ちゃんだと思わなかったけどな」
懐かしそうに言う。
確かに異世界に来て1か月以上の時間が過ぎた。
街でもクマの格好は有名になりつつある。
慣れとは怖いものだ。
クマの格好をしていても恥ずかしい気持ちがなくなっている。
『クマの嬢ちゃん』
『クマさん』
『クマっ娘《こ》』
『ブラッディベアー』
いろいろな呼び方があるが全てわたしの呼び名だ。
解体はいまだにできないが、魔物を倒すことには慣れた。

現実世界でゲームをしていたおかげだろう。

フィナにも出会えたし、この世界も面白いことが多い。

あれから、神様から手紙もメールもきていないが、この世界に連れてきてくれて感謝だ。

「でも、嬢ちゃん。本当にいいのか？」

「うん？」

「家のことだよ」

「ああ、そのことね」

ゲンツさんが住む新居の土地をわたしが結婚祝いとして買ってあげたのだ。

建物はゲンツさんが、独り身の寂しいときに貯めたお金で購入することになった。

「別にいいよ。ただね。わたしがいなくなったあとにゲンツさんが死んで、３人が路頭に迷う姿は見たくないだけ。家があれば住む場所だけは困らないでしょう」

「おいおい、勝手に俺を殺すなよ。これから俺の輝かしい未来が待っているのに。そんな不幸な未来は待っていないぞ」

「それなら、それでいいよ。しっかり、３人を守ってね。もし、守れなかったら、どうなるかわかっているよね」

「もちろんだ、死んだロイに誓って３人は守るさ」

ロイさんとはティルミナさんの亡くなった夫。つまりフィナ、シュリのお父さんだ。

若いときの3人は同じパーティーのメンバーだった。2人の結婚と同時に解散し、ゲンツさんはギルドで働くようになったそうだ。

でも数年後、シュリがお腹《なか》にいるとき、ロイさんひとりで依頼を受け、亡くなってしまった。

それ以来、ゲンツさんはティルミナさんの家族を陰ながら守ってきた。

その頃にティルミナさんのことを好きになったらしい。

ゲンツさんから昔の話を聞いていると、フィナとシュリが料理を運んでくる。

それぞれの料理から湯気が上がり美味《おい》しそうだ。

最後に大きな皿に載《の》せられた料理をティルミナさんが運んでくる。

「おまたせ、たくさんあるから食べてね」

戻ってきた3人はそれぞれの椅子に座る。

「ユナちゃん、結構、材料使っちゃったけど、ごめんなさいね」

「別にいいよ。材料だけはたくさんあるから」

「あと、あのクマの冷蔵庫はいいわね。野菜とか肉とか傷まないから」

クマの冷蔵庫、わたしが作ったクマの形をした冷蔵庫。

氷の魔石を買ってきて自分で作った。

やっぱり、この世界の冷蔵庫と日本の冷蔵庫では使いやすさも性能も違うので自分で作ることにしたのだ。

「結婚祝いに贈りますよ」

「嬉しいけど、どんどん返しきれない恩が増えていくわね」

「返しきれなかったら、娘さんを貰いますね」

わたしは肉を食べているフィナの方を見る。

「あら、こんな娘でいいの？」

ティルミナさんもフィナの方を見る。

「素直で可愛《かわい》くて、働き者で、家族想いで、料理もできて、剝《は》ぎ取りもできる素晴らしい娘さんですよ」

わたしがフィナのことを褒め始めると、フィナの箸《はし》が止まる。

「うっ、お母さんも、ユナお姉ちゃんもやめてください」

フィナは恥ずかしそうに顔を伏せる。

「どうやったら、10歳でこんな娘に育つのかな」

「たぶんわたしのせいね。わたしが病気になってこの子に負担をかけたせいで、普通の子よりも頑張っちゃったのね。わたしの病気の面倒、妹の面倒、家の仕事、ゲンツのところの仕事。この子には子供らしいことをさせてあげられなかったせいね」

「わたし、負担だなんて思っていないよ」

「だから、そんな考えができる時点で10歳じゃないのよ」

「頑張ったのはわたしだけじゃないよ。シュリも手伝ってくれたから」

隣で一生懸命に食べている妹の頭を撫《な》でる。

「そうね、シュリも一生懸命に手伝ってくれたよね」

ティルミナさんは嬉しそうに娘たちを見る。


食事が終わり、片付けもティルミナさんがやってくれる。

今は食後のオレンの果汁を飲みながらのんびりしている。

「そろそろ、帰ろうか」

ティルミナさんが椅子から立ち上がる。

「もう遅いし、泊まっていけば？　部屋もあるし。それに……」

わたしはシュリの方を見る。シュリは小さく船を漕いでいる。

「シュリ、引っ越しの手伝い頑張ってくれましたから」

「うーん」

シュリを見ながらティルミナさんは悩んでいる。

「迷惑じゃない？」

「それにみんな、引っ越しの作業で埃《ほこり》や汗で汚れているでしょう。今から帰ってお風呂の準備も大変なんじゃない？」

わたしの言葉でティルミナさんはもう一度、考え込む。

「そうね。それじゃお願いしてもいい？」

この世界でもお風呂はそれなりに広まっているらしい。

よほどの貧乏じゃなければ家にあるそうだ。

それも、魔石のおかげ。火と水の魔石で簡単にお風呂を沸かすことができる。魔法の世界も科学の世界と同様に便利な世界だ。

お風呂の準備はティルミナさんが食事を作っている間にしたので、いつでも入れるようになっている。

「それじゃ、お風呂の準備はできているから3人で入っていいよ。部屋はあとで案内するよ」

「3人で入れるの？」

お風呂を作ったとき、召喚獣のくまゆるとくまきゅうが汚れた場合、洗い場としても使おうと思い大きく作った。でも送還して、再度召喚すると汚れが取れることが判明したため利用することはなかった。

「3人でも大丈夫だよ。フィナ案内してあげて」

「ユナお姉ちゃんも一緒に入ろうよ。お母さんもいいでしょう」

「いいけど、入れるの？」

「大丈夫だよ。ユナお姉ちゃんの家のクマ風呂は大きいから」

フィナは腕を大きく広げてお風呂の大きさを表現する。フィナは解体作業などで汚れたときに何度かわたしの家のお風呂に入っている。

「クマ風呂？」

「入れば分かるよ」

フィナはわたしの手を取り、椅子から立ち上がらせ、眠そうにしているシュリを起こす。

シュリは小さくあくびをすると椅子から立ち上がる。

最後に母親の手を摑《つか》む。

わたしは風呂場に行く前にゲンツさんの方を見る。

「ゲンツさんは来ないでくださいね」

「行かんわ！」

4人で風呂場に向かう。

「ここで、服を脱いでくださいね」

日本でいえば脱衣所。

それぞれに籠《かご》を用意してあげる。

全員服を脱いで籠に入れる。

「ユナちゃん……」

「なんですか？」

ティルミナさんがわたしの方を見ている。

「ユナちゃんのフードを取ったときの顔を初めて見たから」

「別にフードを被《かぶ》っていても顔って見えない？」

街の中を歩くときなどは深く被るけど、知り合いと会話をする場合は普通にしている。

「見えるけど、フードを被っているのと被っていないのでは全然印象が違うのよ。こんなに髪が長いとは思わなかったし、女の子は髪の毛で印象が変わってくるのよ」

わたしは自分の髪に触れる。確かに、フードを被っていれば腰まで伸びる髪の毛は見えないよね。

「ユナお姉ちゃんの髪は綺麗《きれい》です」

フィナが褒めてくれる。

「はいはい。お世辞はいいから、お風呂に入るよ」

「お世辞じゃないよ」

フィナの言葉はスルーして、クマの服を脱いでお風呂場に入る。

浴槽は10人は入れるほどの大きさがある。

風呂の左右には白クマと黒クマがドスンと座っていて、その口からはお湯が出ている。

よく、温泉に行くと動物の口からお湯が出てくるのを参考にして作った。

もちろん、引きこもりのわたしが温泉なんて行ったことがあるわけもなく。テレビで見たこ

とがあるだけだ。

「本当にクマ風呂ね」

ティルミナさんがお湯が出ているクマを見て感想を述べる。

「お風呂に入る前に、体を洗ってくださいね」

「石鹸《せっけん》もあるのね。まるで貴族のお風呂みたい」

「シュリ、体を洗ってあげるからこっちに来て」

シュリは姉のフィナの所に向かう。

フィナはシュリを椅子に座らせて、シュリの頭から洗っていく。

そんな姿をティルミナさんが見て、娘の体を洗えなかったのを残念そうにする。

そして、こちらを見る。

「ユナちゃん、洗ってあげましょうか？」

「自分でできます。娘さんを洗ってください」

「でも、その綺麗な黒髪、長くて洗うの大変じゃない？」

「面倒ですが、1人でできます」

髪が長くなって数年、洗うのも慣れたものだ。

フィナが洗う隣に座り、体と髪を洗う。

先に洗い終わったシュリはひとり、すでにお湯に浸かっている。

フィナは自分の体を洗おうとした瞬間にティルミナさんに捕まり、洗われている。

洗い終わったわたしは二番手にお風呂に浸かる。

そのあとにフィナ、ティルミナさんの順番に続く。

「それにしてもユナちゃん、スタイルいいのね」

「そうですか？」

ウエストは細いけど胸が、

「胸は残念だけど」

思ったことを先に言われた。

胸の大きさはフィナよりも少し大きいぐらいだ。

10歳の少女と比べるのもあれだけど。

「そのうち、ボン、キュッ、ボンになる予定ですから」

「無理、じゃないかな」

そんなことないよ。

まだ、大きくなる可能性は数年は残っているよ。

「わたしは大きくなりますか？」

フィナが会話に参戦してくる。

わたしはティルミナさんとフィナを見比べる。

「夢を持つのは自由よ」

「なんか、酷《ひど》いことを言われた気がするわ」

ティルミナさんはあまり大きくない自分の胸を見る。

ベッドに寝ていた頃に比べれば肉付きはよくなってきたが、ティルミナさんはまだ痩せ細っている。

「心配しなくても大丈夫よ。フィナの胸はわたしと違って大きくなるわよ」

「わたし、ユナお姉ちゃんぐらいがいいです」

ガシ！

フィナを抱きしめる。

フィナとの友情を深めた瞬間であった。

そんなこんながあって、頭にタオルを巻いて長風呂から上がる。

戻るとゲンツさんがひとり寂しそうにしていた。

そして、こちらを見ると、

「おまえたち、なげえよ！」

部屋にゲンツさんの叫びが響いた。

36 クマさん、ドライヤーを使う

「それじゃ、次は俺が入らせてもらうぞ」

ゲンツさんはひとり風呂場に向かう。

残った4人はタオルで髪の水分を吸い取らせて乾かす。

このままでは乾くのに時間がかかるので、自分の部屋に行き、ドライヤーもどきを持ってくる。

土魔法でドライヤーの形を作り、内部に火と風の魔石を組み込んでドライヤーもどきを作ったのだ。そうでもしないとわたしの長い髪の毛を乾かすのが面倒だからだ。どこかで、売っている可能性もあるけど、お店を探すのも面倒だったので、自分で作った。

「フィナ、ちょっとおいで」

「なんですか」

「後ろを向いて、座って」

素直にくるっと回って後ろを向いて座ってくれる。

肩よりも少し長めの髪の毛がわたしの前に垂れ下がる。

ドライヤーを摑《つか》み、スイッチ代わりに魔力を込める。

ドライヤーから温かい風が出てくる。

「ひゃ！　なに？」

フィナは小さく悲鳴を上げて後ろを振り向く。

「温かい風を出して髪の毛を乾かす道具だよ」

フィナの手に風を当てて安全なことを証明する。

「温かい」

「分かったら後ろ向いて」

フィナは素直に後ろを向く。そして、フィナの髪を乾かしてあげ、次にシュリの髪の毛を乾かしてあげる。

「シュリ、おいで」

シュリは、素直にフィナが座っていた場所に入れ替わりに座る。姉妹揃《そろ》って素直に髪を乾かせてくれる。シュリの髪の毛はフィナよりも少し長い。

「ユナちゃん。便利な道具を持っているのね」

「髪の毛が長いと乾かすのも大変だから、作ったんですよ」

「終わったら、わたしにも貸してくれる？」

ティルミナさんの髪は背中まで伸びている。

「いいですよ」

シュリの髪の毛も終わりティルミナさんにドライヤーを貸してあげる。

「先でいいの？」

わたしの髪はタオルに巻かれて、まだ乾かしていない。

「わたしは時間がかかりますからあとでいいですよ」

「それじゃ、ありがたく借りるわね」

ドライヤーを借りたティルミナさんは髪を乾かす。その様子を2人の娘が隣で見ている。その光景を見ていると微笑《ほほえ》ましくなってくるね。

ティルミナさんの髪の毛も乾き、わたしが髪の毛を乾かしているとゲンツさんが風呂から出てくる。

「いいお湯だったよ。あのクマには驚いたけどな。嬢ちゃん、ありがとうな」

「満足してくれたならいいよ」

ゲンツさんがわたしの方を見て固まってる。

「どうしたの？」

「クマの嬢ちゃん。フードを取ると見かけが変わるな」

「そう？」

「フードのせいで、髪がそんなに長いとは知らなかったし、人は髪で印象が変わるからな」

ティルミナさんと同じことを言われた。

「フードを被《かぶ》っているユナちゃんは可愛《かわい》らしい感じだけど。長い髪の姿を見ると美しいに変わるって感じかな」

「はい。わたしもそう思います！」

「褒めても、何も出ないよ」

「こんなに綺麗《きれい》な髪をしているのに、隠しているなんてもったいないよ」

流石《さすが》に着ぐるみを着ないと強くなれないとは言えないので、黙秘する。これぱっかしは教えることはできないからね。

わたしの長い髪を乾かしていると、途中でフィナも手伝ってくれる。

「フィナ、ありがとうね」

髪も乾かし終わったので、今日寝る部屋に案内する。


４人を連れて２階に上がる。

「ゲンツさんは奥の部屋を使って。３人はベッドが２つしかないけど、その隣の部屋を使ってもらえる？」

「はい、わたしとシュリは一緒に寝ますから大丈夫です」

わたしはゲンツさんの方を見る。

「ゲンツさん」

「なんだ」

「フィナたちが寝ている横で、ティルミナさんに夜這《よば》いをしないでくださいよ」

わたしは真面目な顔でゲンツさんに言う。

「そんなことしないわい！」

「ちなみに自分の部屋に呼ぶのもだめですよ。汚れたふとん、洗濯するの嫌ですから」

「俺も、そんなものおまえさんに洗濯させたくないわい」

「そんなわけですから、ティルミナさんもゲンツさんの部屋には行かないでくださいね」

「わかっているわよ。よそ様の家でそんなことするわけないでしょう。まして、娘もいるのに。それに流石に今日は疲れているから、わたしも寝かしてもらうわ。あと、今日は本当にありがとうね」

「ユナお姉ちゃん、おやすみなさい」

「おやすみ」

3人は部屋に入っていく。

「俺も疲れたから寝かしてもらう。今日は助かった。ありがとう」

ゲンツさんも恥ずかしそうに礼を言うと部屋に行ってしまう。

わたしも自分の部屋に戻り、寝ることにする。

　翌朝、目覚めて１階に下りるとフィナが朝食の準備をしている姿があった。

「おはよう」

「おはようございます」

「早いね」

「いつも家族の朝食を作ってますから、どうしても目が覚めてしまうんです。あと朝食を勝手に作ったんですけど……」

「別に食材のことは気にしないでいいよ。それで、みんなはまだ寝ているの？」

「ゲンツおじさん、じゃなくてお父さんは仕事に行きました。ユナお姉ちゃんにお礼を言ってました」

　ティルミナさんの病気のときに駆けつけたり、家を探したり、引っ越しのときにも仕事を休んでいる。流石に何日も休むわけにはいかないだろう。

「あと、シュリとお母さんは寝てます」

「疲れているようなら寝かせておいてもいいけど」

　ティルミナさんは病気が治ったといっても病み上がりだ。長い間、寝ていたため体力は落ちているだろうし、引っ越しは肉体的にかなり疲れたはず。

「大丈夫です。シュリはいつものことですし、お母さんは闘病生活が長かったので朝が弱いんですが、起こせば起きます」

つまり、自分たちだけでは起きられないってことね。

「朝食もできましたから、2人を起こしてきます」

フィナはシュリとティルミナさんを起こしに2階に向かう。

数分後、ティルミナさんとシュリが目を擦《こす》りながら下りてくる。

「ユナちゃん、おはよう。昨日はありがとね」

まだ、眠そうだね。シュリも眠そうにしている。昨日の疲れが残っているのかな？

でも、顔を洗って目を覚ましてきた2人は椅子に座り、フィナが作ってくれた朝食を食べ始める。

朝食は簡単に野菜をパンに挟んだものと牛乳だ。

そういえば、目玉焼き食べていないな。パンに挟むと美味《おい》しいんだけどな。

でも、街で卵って見たことないな。

「フィナ、ちょっと聞きたいことがあるんだけど」

「なんですか？」

「卵ってどこに売ってるの？」

「はい？」

「だから、卵。卵を焼いてパンにのせて食べると美味しいから、卵が欲しいんだけど。売っているところ見たことがないと思ってね。だから、売っている場所を知っていたら教えてほしいんだけど」

「ユナお姉ちゃん。そんな高級食材、普通のお店では売ってませんよ」

「そうなの？」

「そうね。基本、卵は高級食材だから、貴族や一部のお金持ちしか食べないわね」

ティルミナさんがフィナの言葉に説明を付け加えてくれる。

だから、わたしが行くようなお店では売ってないわけだ。

「森とか行って卵を採ってこないといけないし、時間がかかると腐ってしまうから、遠くから運んでくることもできない。早馬で運んでもお金がかかるから高級食材になって、わたしたち庶民には食べられないのよ」

「えーと、飛ばない鳥を捕まえて育てたりは……」

「飛ばない鳥？　飛ぶから鳥じゃないの？」

この世界にニワトリはいないのかな？

もしかして、ここはニワトリがいない地域とかなのかな？

探せばどこかにいるかな？

欲しい食材リストにニワトリと卵を追加しておく。

朝食を食べ終わった3人は引っ越し荷物の片付けの続きをするため家に帰っていく。

わたしも手伝いを申し出たが断られた。

「ユナちゃんも仕事をしないといけないでしょう」

と言われたけど、別に働かなくても生きていけるだけのお金はある。

偉い人は言ってた。働いたら負けだと。

でも、この世界を楽しむために、面白い依頼を求めて冒険者ギルドに向かうことにした。

37　フィナ、新しいお父さんができる

お母さんに美味《おい》しい食べ物を食べてもらうための買い物から帰ってくると、ユナお姉ちゃんはいませんでした。

帰ったそうです。

まだ、お礼を言い足りないのですが、この食べ物を買ったのもユナお姉ちゃんのお金なのに、それもお礼を言ってません。

今度、会ったときに忘れずに言わないといけません。

そして、お母さんとゲンツおじさんの２人を見るとなぜか顔を赤くしてました。

どうしたのでしょうか。

「えーと、フィナ、シュリ。その……なんだ。……新しいお父さんいらないか？」

「お父さん？」

ゲンツおじさんが変なことを聞いてきます。

お父さんは死にました。

新しいお父さんとはどういう意味なのでしょうか。

「わかりません。わたしお父さんのことあまり、覚えてませんから、お父さんが欲しいかと聞

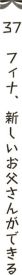

かれても……」

「分からない」

シュリも首を傾《かし》げます。

ゲンツおじさんが頭を掻《か》いて、わたしたちの方を見ます。

「おまえたちの母さんと俺が結婚することになった。フィナ、シュリ、認めてくれるか？」

結婚？

「俺がおまえたちの父さんになりたい。おまえたち3人を守っていきたい。クマの嬢ちゃんほど頼りにならないと思うけど、俺におまえたちを守らせてくれないか」

「ゲンツおじさん？」

「フィナ、シュリ、ゲンツがお父さんじゃだめかな？」

お母さんが聞いてきます。

よく分かりません。

でも、

「お母さんを幸せにしてくれるなら」

シュリも頷《うなず》いてました。

「ああ、幸せにするよ。もちろんおまえたちのことも幸せにしてみせる。その…ありがとう。フィナ、シュリ」

ゲンツおじさんが抱きしめてきます。
お母さんとゲンツおじさんは嬉しそうでした。

それから大変でした。
元気になったお母さんがベッドから起きだそうとします。
だから、起きだそうとするお母さんをベッドに寝かしたり、
料理を作ろうとするお母さんをベッドに寝かしたり、
掃除をしようとするお母さんをベッドに寝かしたり、
出かけようとするお母さんをベッドに寝かせます。
ユナお姉ちゃんにしばらくは安静にするように言われてます。
二度とお母さんを苦しませるわけにいきません。
シュリにお母さんを見張ってもらいます。
シュリもお母さんと一緒にいて嬉しそうです。
あと、ゲンツお父さんは４人で一緒に住む家を探すそうです。
そのため少しずつ引っ越しの準備をしなくてはいけません。
お母さんの病気が治った数日後、新しい家も見つかり、引っ越すことになりました。

ユナお姉ちゃんに、お母さんが動いてもいい許可をもらえました。

引っ越し当日、ユナお姉ちゃんも手伝ってくれることになりました。

本当は引っ越しはお金と時間がかかるものです。

荷物を運ぶため、台車、リヤカーを借りて、何度も何度も往復をしなくてはいけません。

でも、ユナお姉ちゃんのアイテム袋はなんでも、どんな大きさでも、どんな量でも入ります。

前にタイガーウルフを討伐に行ったとき、家が出たり入ったりしたのは驚きました。

そんなユナお姉ちゃんがどんどん荷物をクマさんの口に入れていきます。

家の中の荷物は前もって準備をしていたおかげもあって午前中に全て運べました。

次にゲンツお父さんの家に行きます。

凄《すご》かったです。

汚かったです。

ごちゃごちゃしてました。

お母さんが凄く怒ってました。

お母さんはわたしとシュリ、ユナお姉ちゃんに先に新しい家に行って片付けするよう頼みました。

わたしたちは新しい家に向かいます。

家に着くと、シュリに掃除をお願いします。

わたしはユナお姉ちゃんに家具やベッドを出してもらいます。

本当なら、何人もの手でベッドを1階から2階に運ばないといけないのにユナお姉ちゃんがクマさんから出すだけで終わります。

ユナお姉ちゃんは荷物を出し終わるとお父さんの家に向かいます。

シュリと2人で片付けを頑張ります。

日が暮れ始めたとき、お母さんたち3人がやってきました。

そして、食事の話になりました。

でも、家の中はまだ、片付いてなく、食事ができる状態ではありませんでした。

それでお父さんが外へ食べに行こうと言ったら、お金が勿体《もったい》ないとお母さんに叱《しか》られていました。

結局、ユナお姉ちゃんの家にお世話になることになりました。

どうして、ユナお姉ちゃんはこんなに優しいのでしょうか。


食事をとって、ユナお姉ちゃんの家に泊まることになりました。

泊まることになったわたしたちは、引っ越しで汚れたのでお風呂に入れさせてもらいました。

ユナお姉ちゃんの家のお風呂は大きくて、4人で入っても大丈夫です。

あと、クマさんの口からお湯が出ます。

お父さんを除いた女4人一緒にお風呂に入ります。
ユナお姉ちゃんの体はすらっとして細く、綺麗《きれい》です。
腰より下に伸びる黒髪が特に綺麗です。
わたしも伸ばせば綺麗になるかな。
お風呂に入ると、胸の話になりました。
ユナお姉ちゃんはボン、キュッ、ボンになるとか言ってました。
ボン、キュッ、ボンってどんな意味なんでしょうか。
わたしはユナお姉ちゃんぐらいの胸の大きさでいいと思います。
よく、大人の大きな胸を見ますが邪魔ではないのでしょうか。
わたしは自分の胸を見ながらお母さんに聞きました。
「わたしは大きくなりますか？」
なぜか、ユナお姉ちゃんがお母さんの胸とわたしの胸を見ます。
「夢を持つのは自由よ」
そんなことを言いました。
そんなユナお姉ちゃんの言葉にお母さんが少し怒っています。
そして、お母さんはわたしの方を見ます。
「心配しなくても大丈夫よ。フィナの胸はわたしと違って大きくなるわよ」

「わたし、ユナお姉ちゃんぐらいがいいです」

そう言った瞬間、ユナお姉ちゃんに抱きしめられました。

なぜか、感激をしてます。

よくわかりません。

風呂から上がると、次にお父さんがお風呂に入ります。

その間に髪の毛を乾かします。

ユナお姉ちゃんの髪は長くて乾かすのが大変そうです。

わたしが髪の毛をタオルで拭いていると、ユナお姉ちゃんが筒状の変な形の道具を持ってきました。

ユナお姉ちゃんが後ろを向くように言うので素直に従います。

すると、後ろから温かい風が吹きました。

わたしは驚いて変な声を上げてしまいました。

ユナお姉ちゃんが言うには温かい風を出して、髪の毛を乾かす道具だそうです。

その風は温かくてとても気持ちよく、あっという間に髪の毛が乾きました。

次に妹のシュリ、お母さんの順番に乾かし、最後にユナお姉ちゃんの髪を乾かします。

こんな便利な道具を持っているユナお姉ちゃんは凄いです。

みんなの髪の毛が乾いたころ、お父さんもお風呂から出てきましたので、引っ越しの疲れも

あり寝ることになりました
お父さんは1人、わたしとシュリ、お母さんは一緒に寝ます。

そのときにユナお姉ちゃんが分からないことを言ってました。

お母さんとお父さんが一緒に寝ると布団が汚れるから、一緒に寝ちゃだめとか言ってました。

別々なら汚れないのでしょうか。

今度、お母さんに聞いてみることにします。


翌朝、ひとりベッドから起きだします。

お母さんとシュリは寝ています。

2人を起こさないように部屋から出て1階に下ります。

朝食を作っているとお父さんが1階に下りてきました。

お父さんは朝食を一人で先にとると、仕事に行きました。

ギルドの仕事は朝が早いです。

お父さんが仕事のため家を出ると、それと入れ違いにユナお姉ちゃんが下りてきます。

朝食の準備もできているので寝ている2人を起こしに行きます。

4人で朝食を食べていると、ユナお姉ちゃんが変なことを聞いてきました。

「卵ってどこに売っているの？」

卵って鳥さんの卵のことでしょうか。

そんな高級品、普通の店では売ってません。

そのことを教えてあげると残念そうな顔をしてました。

そんなに卵が食べたかったのでしょうか。

朝食を食べ終わると、引っ越しの片付けをするために新しい家に帰ります。


新しい家に戻り、３人で手分けをして片付けをします。

シュリは小さいものの片付けと掃除。

わたしとお母さんで大きめのものを片付けます。

お父さんは仕事なので仕方ありません。

わたしたちの家から持ってきたものはすぐに片付いたのですが、お父さんの家から持ってきた荷物が適当に箱に入れられているため、片付けが大変でした。

でも、家族で協力し合って引っ越しが終わりました。

これも、全てユナお姉ちゃんのおかげです。

ユナお姉ちゃんに出会って全てが変わりました。

美味しいごはんが食べられ、
元気なお母さん、

新しいお父さん。
全部、ユナお姉ちゃんのおかげです。

38　クマさん、ギルマスに感謝される

面白い仕事を探しにギルドにやってきた。

ギルドの中に入り、受付を見るとヘレンさんと目が合うが素通りして依頼が貼ってあるボードに向かおうとしたら。

「ユナさん！」

ヘレンさんに呼び止められる。人を見ていきなり叫ばないでほしいのだけど。

部屋にいる冒険者たちがこちらを見ているよ。それでなくても、着ぐるみのせいで目立つのに。

「なに？」

無視をすると、また名前を呼ばれそうなので、話を聞くことにする。

「今度はなにをしたんですか？　ギルマスからユナさんが来たら呼ぶようにって言われています」

会って早々、なにを言うのかこの娘は。

「わたし、今回なにもしてないよ」

「本当ですか？」

そんな疑うような目で見られても、こちらとしても憶えはない。

この数日は依頼自体受けていないし、人様に迷惑をかけた記憶もない。

そんなわたしの気持ちに関係なく、ヘレンさんにギルドマスターの部屋へ連れていかれる。

「ギルマス！　ユナさんが来ましたので連れてきました」

中から「入ってくれ」の声が聞こえてくる。

逃げるわけにもいかないので、渋々中に入る。部屋の中に入ると筋肉マッチョのギルドマスターが奥の机で仕事をしている姿があった。

似合わない姿だ。

「とりあえず、座ってくれ」

大きなテーブルと、その周りに椅子が並べられている。

とりあえず、入り口に一番近い椅子に座る。

「えーと、呼ばれたみたいだけど、なに？」

「ゲンツのことだ。礼が言いたくてな」

「礼？」

「おまえがティルミナの病気を治して、ゲンツと結婚させたそうじゃないか」

「そうだけど、どうしてギルドマスターがお礼を言うの？」

「まず、ティルミナの病気をおまえの故郷の貴重な薬で治してくれたそうだな」

ゲンツさんたちには病気を魔法で治したことが広まると面倒なことになるので、病気を治したのは貴重な薬ってことにしてもらっている。

「ティルミナは元冒険者で病気のことは気になっていた」

「もしかして、フィナがギルドで働いていたのも？」

「少しでも手助けができればと思ってな。でも、表立って雇うわけにもいかないから、仕事が多いときだけにしていた。だから、おまえさんがウルフを持ってきてくれたときは感謝した。それに今も雇ってくれているのだろう？」

「わたしが好きでやっていることだよ」

「それだけじゃない、ゲンツの奴もこの年まで結婚しないできた。あいつがティルミナのことを好きなことは知っていたが、病気だったし、相手は旦那がいなくても子供が2人いるだろう。そんなときにおまえさんが、ティルミナの病気を治し、ゲンツの気持ちを後押ししてくれたから感謝している。だから、礼が言いたかった。ありがとう」

　嬉しそうに礼を言う。

「気にしないでいいよ。わたしがフィナのために脅迫して結婚させたようなものだから」

「優しい脅迫もあったもんだな。でも、これであいつも心配事もなくなって、仕事に専念できるだろう」

　もしかして、ゲンツさんとギルマスは部下と上司だけの関係じゃないのかもしれない。元パーティーってことはないと思うけど。

「用がそれだけなら、わたしは戻るけど」

椅子から立ち上がろうとした瞬間、ドアがノックされる。

「なんだ」

「失礼します」

ギルド職員の女性が頭を下げて入ってくる。

「ギルマス。クリフ・フォシュローゼ様が来られました。お通ししてもよろしいでしょうか？」

ギルド職員はわたしの方を軽く見る。

ギルマスはわたしの相手をしている。でも、来たのは貴族様。待たせることはできないってことかな。

でも、クリフがギルドマスターになんの用なのかな？

「話は終わったから大丈夫だよ」

わたしが言うと、ギルド職員はギルマスの方を見る。ギルマスは小さく頷《うなず》く。

「では、お呼びしてきます」

ギルド職員は部屋から出ていく。

「それじゃ、わたしも行くね」

「ああ、呼び出して悪かったな」

わたしも椅子から立ち上がり、部屋から出ていこうとした瞬間、ドアが開いた。

ちょうど目が合う。

クリフに呼び止められる。

部屋に引き戻され椅子に座らされる。


「朝早く失礼するよ」

ドアからクリフが入ってくる。わたしが目線を上げると、ちょうど目が合う。

「クマ？　ユナか」

頭を軽く下げて、挨拶《あいさつ》をする。

クリフとすれ違うように部屋から出ようとした瞬間、クリフに呼び止められる。

「ちょうどよかった。ユナも話を聞いてくれるか」

部屋から出ようとしたわたしは肩を摑《つか》まれて、部屋に引き戻され椅子に座らされる。

「それで、こんな朝早くからクリフ様自らお越しいただき、なに用でしょうか？」

「言葉遣いはいつも通りでいいぞ」

ギルマスはわたしの方を見る。

「ユナなら気にしないでいい」

「そうか、おまえさんが言うなら分かった。それで、冒険者ギルドになんの用だ」

ギルマスは友人に話すような口調に変わる。

「おまえさんに相談があってな。来月、国王が40歳の誕生日を迎えることは知っているだろう」

「ああ、この国に住んでいればな」

わたしは知らないけど。そうなんだ。

「そのときに王に献上するいいものがなくてな」

「そんなことなら、商業ギルドに頼め。ここは冒険者ギルドだぞ」

「商業ギルドならすでに行った。でも、国王が喜びそうなものがなくてな。金で買えるものを献上しても面白味がない。それで、冒険者ギルドで珍しい剣や防具、道具とかないかと思ってな」

「冒険者ギルドで手に入ったものは商業ギルドに回しているからないぞ」

「だよな。一応確認のために来たんだけど。それで、第2案としてユナ、おまえさんに尋ねたいんだが」

「なに？」

嫌な予感しかしない。

「おまえさん、珍しいもの持っていないか。そのクマのアイテム袋みたいなやつ。もしくは、召喚獣を召喚するアイテムとか」

「悪いけど、持っていないよ。もちろん、このクマのアイテム袋を譲る気はないし、召喚獣のクマも譲る気はないよ」

そんなことを無理やりされたら、逃げ出すだけだ。

「それじゃ、なにか作れないか、クマの家みたいなやつ。俺も見たけど、あれは凄《すご》かった。流石《さすが》にあんなに大きいと運べないから小さいものだと助かるんだが」

う～ん、作れないことはない。

地球のアイディアを使えばドライヤーみたいなものを作り出せるかもしれない。でも、わたしにはこの世界にあるものとないものが分からない。

ドライヤーみたいなものはあるかもしれないし、ないかもしれない。なにを作ればいいか分からない。それに下手なものを作って目立ちたくない。

とりあえず、いいものがないかクマボックスの中を調べてみる。

…………

………

……

うん？　いいものがあった。

「冒険者ギルドには珍しいものを探しに来たんだよね」

「ああ」

「それなら、これはどう？」

クマボックスからゴブリンキングの剣を出す。

「これは？」

クリフとギルドマスターがわたしが出した剣を見る。

「ゴブリンキングの剣」

「本当か！」

クマの観察眼で確認したから間違いない。

「確かに以前、お前さんがゴブリンキングを倒したのは聞いていたが、ゴブリンキングの剣を持っていたのか？」

　意外と2人の反応がいい。

「とりあえず、本物か確認だな」

　ギルドマスターは鑑定できる職員を呼ぶ。

　すぐに年配の男性がやってきて、ゴブリンキングの剣を鑑定する。

「間違いありません。ゴブリンキングの剣です」

「そうか、助かった。下がっていいぞ」

　男性職員は頭を下げて、部屋から出ていく。

「これは国王への贈り物になる？」

「ああ十分になる。珍しい剣だから」

「そうなの？　ゴブリンキングを倒せば手に入るものじゃないの？」

「ゴブリンキングが皆持っているわけではない。詳しくは分かっていないが、元は普通の剣だったらしい。それがゴブリンキングが持つことによって、その魔力が剣に流れて変質するといわれている。だから、生まれたてや魔力の弱いゴブリンキングはゴブリンキングの剣を持っていない」

　ゲームでも落とすのは低確率だった。

それと同じことかな。

もっとも、ゲームではゴブリンキングの成長って概念はなかったけど。

「それで、その剣を譲ってくれるのか？」

「別にいいけど」

いらないし、なによりも名前がダサい。どうせ持つなら、格好いい剣が欲しい。

「では、いくらほどで譲ってくれるのだ？」

「価値が分からないのだけど、いくらぐらいするものなの？」

「正直に言えば分からない。手に入れようと思って手に入れられるものじゃないからな。おまえさんに決めてもらって構わない。それで俺が払えるようだったら払う」

「それって、相場を知らないわたしが不利じゃない」

まあ、お金に困っていないからいくらでもいいんだけど。それだと面白くない。

「譲ってもいいけど、それじゃ、貸し１つってどう？」

「貸し１つ？」

「領主っていろいろ悪いことしているんでしょう。だから、わたしが困ったときに手を貸してほしい」

「人聞きの悪いこと言うな。俺は真っ当だ」

「まあ、冗談は抜きにして、今後頼みごとができたら、お願いを聞いてほしい」

「たとえばなにをしてほしいんだ？」

「ギルドマスターを辞めさせるとか？」

「お、おい」

ギルドマスターが立ち上がる。

「冗談だよ。今はなにもないから。今後、なにかあったらお願い。もし、無理だったら断ってもいいし」

「そんなんでいいのか？」

「いいよ。その方が面白そうだから」

「それじゃありがたく貰《もら》う。あとで契約書を用意する」

「いらないよ。もし、約束を破ったら、破ったでいいよ」

わたしは笑顔を向ける。

実際問題、いらない剣だ。なくても問題はない。

貸しができたら儲《もう》けもんと思うことにする。

「俺にできることなら手を貸すと誓おう」

誓うとか大げさすぎる。

「それじゃ、そのときはお願いね」

39　クマさん、蛇討伐に行く

ギルマスとクリフのせいで出遅れたが、依頼の貼ってあるボードに向かう。

ランクＤのボード
・剣術の先生（女性限定）。
・オークの討伐。
・タイガーウルフの素材全て。
・ゴブリンの魔石２００個、時期は問わない。
・メルメル草の入手。
・ホエール山の岩猿の討伐、数は未定。
…………
………
……
…

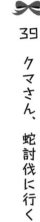

ピンと来るものがない。

剣術の先生（女性限定）。クマでもいいのかな？　でも、剣術なんて、ゲームの中の知識ぐらいしかない。それに人に教えるのは面倒そうだ。

オークの討伐は面白味に欠ける。

タイガーウルフはこの前倒したし、ゴブリンは剝《は》ぎ取りができないから無理だし。

岩猿の討伐は数が未定なのが困る。終わりが分からない依頼は受けたくない。

ギルマスとクリフに捕まっていなければ他にもあったのかもしれないけど、それは仕方ない。

次にランクCのボードを見に行く。

ランクCのボード

・ワイバーンの素材。

・ある方の護衛、秘密厳守。

・人魚の鱗《うろこ》。

・ザモン盗賊団の殲滅《せんめつ》。

・ヒストリの花の採取。

・ウォータースネークの討伐、素材含む。

・ファイヤータイガーの討伐、素材含む。

…………

………

……

…


ランクＣの討伐は面白そうだけど、居場所が分からなかったり、遠かったりする。

でも、人魚が存在したのは驚きだ。

今度、見に行くのもいいかもしれない。

日帰りでできそうな面白そうな依頼もないので帰ろうと思ったら、受付の方が騒がしいことに気づいた。

「どうして、だめなんだよ」

「だめなわけじゃありません。時間がかかると言っているのです」

「それじゃ間に合わないんだよ。父さんも母さんも村のみんな死んじゃうだろ」

背の低い少年がヘレンさんに向かって泣きながら訴えている。

「ですから、ブラックバイパーを倒せる冒険者が現在いないんです。呼びかけるにしても明日になってしまいます」

「父さんと母さんが……」

少年が泣き崩れる。

「どうしたの？」

「ユナさん」

2人のところに向かう。

「それが、この子の村にブラックバイパーが出たそうなんです」

「ブラックバイパーって蛇だっけ？」

「はい、普通のバイパーより大きく、大きいものは全長100m以上になります。すでに村の何人かが食べられたそうなんです。それで、この少年が馬に乗って街まで来たのですが、ブラックバイパーを倒せるほどの冒険者は出払っていて、帰ってくるのは数日後になるんです」

ブラックバイパーか。

泣き崩れている少年を見る。

「それじゃ、わたしが行こうか？」

暇だし。

「行こうかって、そんな近所に出かけるように軽く。ブラックバイパーは大きさによってBランクの魔物になるんですよ」

「でも、急がないと村が危ないんでしょう？」

「ですが」

「危なかったら逃げるから大丈夫。ヘレンさんは一応、冒険者の召集の手続きをしておいて。時間稼ぎぐらいはしておくから」

「バカにしているのか！　そんな変な格好したあんたが来たってブラックバイパーを倒せるわけないだろう」

少年が叫ぶ。もっともなことだ。普通、こんなクマの着ぐるみを着た女の子がそんな化物を倒せるとは思わない。

「う～ん、なら、先に行って情報集めをするよ」

「情報集め？」

「情報を集めて、ヘレンさんが呼んだ冒険者に情報を渡す。大きさや居場所などが分かれば時間の短縮になるでしょう」

少年はわたしの出任せの嘘《うそ》に小さく頷《うなず》いている。

「それで、ヘレンさん。その村ってどこにあるの？」

「南東に早馬で1日半です」

早馬で1日半ってかなり距離があるのかな。

馬が1日何時間走れるのか知らないけど。24時間走らないことぐらいはわたしでも分かる。

「本当に行くんですか？」

「暇だからね」

「では、少しお待ちください。ギルマスに確認を取りますので」

ヘレンさんは席を外し、ギルマスの部屋に向かう。だが、すぐにギルマスと一緒に戻ってくる。

「ブラックバイパーを倒しに行くだと」

「様子を見にいくだけよ。倒せるようだったら倒すし、だめなら、逃げ出して、情報を集めてヘレンさんが呼んだ冒険者に任せるよ」

「ヘレン、その冒険者は誰だ」

「ランクCの隻眼《せきがん》のラッシュのパーティーになります」

なに、その格好いい中二病みたいな名前。呼ばれたいとは思わないけど、見てみたい。眼帯でもしているのかな？

「ランクCの隻眼か。それだけじゃ、不安だ。他にも手配できるならしとけ」

「わかりました」

「それじゃ、行くぞ、ユナ」

ギルドマスターが変なことを言いだした。

「行くって？」

「俺も行くんだよ。俺も元冒険者だ。おまえさんの足手まといにはならん」

ならんと言われても。

「でも、行くって、ギルマスはどうやって行くの？」

「俺の馬を使う。明日には着くはずだ」

「それじゃ、わたしが先に行くよ。わたしの召喚獣なら、１日もかからないはずだから」

「それは本当か？」

「召喚獣は２頭いるから、交代で行けば、たぶんね」

分からないけど。

「召喚獣か、わかった。おまえは先に行ってろ。でも、俺が到着するまで無理はするなよ」

「了解」

わたしがギルドから出ていこうとした瞬間、少年に引き止められる。

「待ってくれ、俺も連れていってくれないか」

「足手まといだよ」

「道案内をする。時間を短縮できるはずだ」

少年の体格を見る。

軽そうだ。

少年分ぐらい重量が増えても平気かな。

「わかった。でも、休憩はないよ」

「構わない。村のためだ。こんなところで１人で待っていられない」

「それじゃ、時間も勿体《もったい》ないから行くよ。少年」

「カイだ」

「わたしはユナ。それじゃ、行こうか、カイ」

街から出て、くまゆるを召喚する。

カイは驚く。

「早く乗って。急ぐんでしょう?」

「姉ちゃん、何者なんだ。その格好もだけど」

「今はそんなことはどうでもいいでしょう。家族が待っているんでしょう?」

カイは頷き、くまゆるに乗る。

その後ろにわたしが乗る。

「しっかり前を見て、方向を指示して」

カイは頷く。

くまゆるはカイが示す方向に走りだす。

その速さは馬よりも速く、持久力もある。

3時間ほど走るとくまきゅうと交代する。

そのときに短い食事の時間を作る。

「5分で食べなさい」

クマボックスからパンと果汁を出しカイに渡す。

カイは礼を言って飲み込むようにパンを食べる。

「どのくらい進んだ？」

「4割から5割ぐらいだけど」

それならあと3時間ちょっとで着くのか。簡単に食事をすませるとくまきゅうに乗り換えて走りだす。

カイは今朝、早馬で到着して疲れているはずなのに、我慢して村への方角をちゃんと示している。

「方向が合っているなら、少しは寝てもいいよ」

カイは首を振る。

「いい。どうせ、眠れない。それに方向が少しでもずれたら、時間が勿体ない。初めはこんな変な格好をした姉ちゃんが来ても無駄だと思っていた。でも、この召喚獣を見たら、姉ちゃんは凄《すご》い冒険者なんじゃないかと思う。ブラックバイパーを倒せなくても、村人を逃がすことができるんじゃないかと。だから、早く行きたい。俺は村に行っても役に立たない。だから、せめて道を間違わず短い距離で村に向かうのが俺の役目だと思う」

カイはしっかりと自分の状況を把握している。

この少年、大人すぎる。

フィナといい、この子といい、この世界の子供はどうなっているんだか。

「それじゃ、しっかり道案内をお願いね」

「ああ、だから、姉ちゃんも村のみんなを救ってくれ」

「やれることはするよ」

村に向かってくまきゅうは走りだす。

40　クマさん、蛇退治をする

くまきゅうに乗り換えてから数時間後、再度くまゆるに交代して村に向けて進む。

日が沈み始めたとき、村が見えた。

くまゆるは速度を緩めてゆっくりと村の中に入る。

村の中は静かだった。

廃村のように物音一つしない。

全滅。

嫌な言葉が脳裏をよぎる。

カイはくまゆるから降りて、村の中を走りだす。

「みんな、いるか！　俺だ。カイだ。戻ってきたぞ！」

カイは村に向かって叫ぶ。でも、誰も出てこない。

いや、ドアが開く家があった。

「カイか？」

家から男性が出てくる。

「父さん！　母さんは？　村のみんなは？」

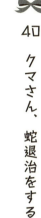

「母さんは大丈夫だ。でも、衰弱している。この数日ろくに食事もしてないからな」

「他の村の人たちは？」

「出てこないよ」

「どうして」

「あいつは音に反応する。逃げ出したエルミナ一家が食われて死んだ。井戸に水を汲《く》みに行ったロンドも食われた。だから、誰も家から出てこない。食われるかもしれないからな」

「それじゃ、ここで話しているのも」

「ああ、危険だよ」

「なら、父さん」

「でも、誰かがやらないといけないことだ。ドモゴルのために」

「ドモゴルさん？」

「おまえを馬に乗せて助けを呼びに行かせたとき、ドモゴルが囮《おとり》になって死んだんだよ」

「ドモゴルさんが……」

「だから、おまえから話を聞いて、これからどうするか考えなければならない。それが、ドモゴルに対して俺たちができることだ」

「父さん……」

「それで、そのクマはなんだ」

カイのお父さんがわたしの方を見る。

いつも通りのクマの格好。

「この姉ちゃんは情報集めのために先に来てくれた冒険者だ」

父親に落胆の表情が窺《うかが》える。もしくは、怒りの表情かもしれない。

「このクマの格好をした嬢ちゃんが……」

「父さん、このあとにギルドマスターが来てくれる。そのあとにもランクCの冒険者も派遣するって言ってくれた」

息子の言葉に父親は安堵《あんど》の表情を浮かべる。まあ、クマの格好をした女の子じゃなく、ギルドマスター、ランクCの冒険者が来ると分かればそんな顔もするか。

「それで、ギルドマスターはいつ着くんだ」

「このお姉ちゃんの召喚獣のおかげで街から半日で来れたけど、ギルドマスターは明日になるって言っていた」

「そうか、嬢ちゃんはどうするんだ」

「まずは情報収集、可能なら討伐をするけど」

「冗談も笑えないとつまらないな。討伐が可能ならだと。あんなもの討伐できるわけがない」

父親は吐き捨てるように言葉をぶつける。

「それを判断をするのはあなたじゃないわ。わたしだよ。なんでもいいからブラックバイパーの情報をちょうだい」

「大した情報はない。朝イチに村に食べに来るぐらいだ。家を破壊し、家にいる全員を食うと去っていく。そして村から逃げ出す者がいれば食われる。音を出せば優先的に食われる」

朝イチね。つまり、夜は襲ってこないわけか。それから音に反応するのか。

「それじゃ、ブラックバイパーの様子を見に行ってくるよ」

「こんな遅くにか」

日が傾いている、あと1時間もすれば日が沈んで暗くなるだろう。

「だからよ。もし、わたしが見つかって戦いになったら、わたしを囮にして逃げてもいいからね。馬があれば逃げることもできるでしょう」

「いや、誰も逃げ出さないだろう。逃げれば食われると皆思っている。それに馬も村の人間全員が逃げられるほど数はない」

「とりあえず行ってくるよ」

「姉ちゃん、気をつけてくれよ」

わたしはカイの頭を撫《な》でて、くまゆるに飛び乗って走り出す。

クマの探知を使うと、少し離れた位置に反応がある。それほど、離れた位置ではない。

くまゆるの走る速度なら数分で着くだろう。

何もない平地を走る。

そろそろ目的のブラックバイパーが見えてくるはず。

夕暮れ時、遠くに大きな岩が見える。

いや、岩だと思ったのはとぐろを巻いた巨大なブラックバイパーだった。

大きい。寝ているなら先手必勝で攻撃かな。

くまゆるから降りて、くまゆるを送還する。

目線をブラックバイパーに戻したとき、バイパーは顔を上げ、こちらを向いて長い舌を出していた。

身を起こしたブラックバイパーは圧迫感を感じさせる。

でかい。

ブラックバイパーが動き、襲いかかってくる。

距離が一瞬で縮まり瞬く間に大きな口が迫ってくる。

速い。

とっさにステップをして右にかわす。

巨大な物体が左側を掠《かす》めて通る。かわしたと思った瞬間、バイパーの胴体がグニャと曲がり、襲ってくる。クマの手でとっさにガードするが、後方に吹っ飛ばされる。地面を転がるがそれほど衝撃はない。

クマのおかげ？

考える暇を与えられず、2度目の攻撃が迫ってくる。

体が大きいため、上には逃げられない。左右に逃げる。でも、避《よ》けても胴体、尻尾が2撃目、3撃目と連続で襲いかかってくる。

大きな体が動くたびに砂埃《すなぼこり》が舞い、視界が悪くなる。さらに夕暮れ時、相手の体は黒い。

話によれば音に反応するらしいし。夕暮れ時に来たのは失敗だったかな。

砂埃を風魔法で吹き飛ばす。

動きが止まるたびに攻撃魔法を何度か打ち込むがダメージを与えている感じがしない。

火も風も氷もあの黒い蛇皮に弾かれてしまう。

落とし穴は相手が大きすぎるため使えない。

うーん、通常の魔法攻撃だとだめか。でも、クマ魔法だとやりすぎるんだよね。

火のクマを使えば倒せると思うけど、あの皮はいろいろと活用ができそうだから、できるなら燃やしたくはない。

ゲームならどんな攻撃方法でも倒せばアイテム化したけど。現実だと燃やしたものは元には戻らない。

剣で斬りつければ傷がつくし、魔法で攻撃を当てれば、素材にダメージが残る。

火はやめてクマの風魔法を使ってみるが、切り裂くまでいかない。

血が流れたと思うとすぐに塞《ふさ》がる。

再生能力？

外がだめなら中からかな？

後方にジャンプして距離を取る。

ブラックバイパーは地面を這《は》いずり距離を縮める。

右、左とかわしながら口が開くチャンスを窺う。

突進攻撃ばかりで、噛みつき攻撃をしてこない。

なかなか口を開かない。上に飛べば開くかな？

地面を蹴り、高く飛ぶ。

空中に逃げたわたしにブラックバイパーは大きな口を開いて襲いかかってくる。

その瞬間にクマさんパペットサイズの炎のクマを数十体作り出す。

わたしの前に綺麗《きれい》に隊列を組む炎のミニクマたち。

ブラックバイパーの口が一直線に迫ってくる。口の中にクマを入れてくださいと言わんばかりに。

その動きに合わせて、炎のミニクマをブラックバイパーの口の中に突入させる。

長い舌を焼き、炎のミニクマたちはブラックバイパーの体内に入っていく。

ブラックバイパーは苦しみだし、わたしを食べるために伸ばした胴体を曲げ、地面に崩れ落ちる。

ブラックバイパーは地面に転がり、ドスンドスンと何度も自分の体を地面を叩《たた》きつける。そのたびに地面が揺れる。

だが、ブラックバイパーの動きは次第に鈍くなり、最後には活動を停止した。

ブラックバイパーの口からこんがり焼けた美味《おい》しそうな匂《にお》いがしたのは内緒だ。

「終わった？」

クマの探知を使い、ブラックバイパーの反応が消えていることを確認する。うん、死んでるね。

やっぱり、このクラスの魔物になると普通の魔法だと倒せないね。

もっと、使い勝手がいいクマ魔法を考えないといけないかな？

このままだと、欲しい素材があった場合、燃やしちゃうし。

ブラックバイパーに近づきクマボックスにしまう。

任務完了。

くまきゅうを出して村に帰ることにする。

村の近くに戻ってくるとカイが立っていた。

「こんなところでどうしたの？」

「姉ちゃんを待っていたんだ」

「わたしを？」

「うん、もし逃げ帰ってきたら、俺が真っ先に食われて、姉ちゃんを逃がす時間を作ろうと思って」

まっすぐな強い目で言われた。

冗談ではないのだろう。

「どうして？」

「姉ちゃんはブラックバイパーを倒す情報を持ってきたんだろう。それがあれば倒せるかもしれないじゃないか。そうすれば村は助かる。もし、姉ちゃんが死んだら、俺を街に行かせるために犠牲になったドモゴルさんも報《むく》われない」

この世界の子供たち、心が強い子が多いんですけど。

わたしはカイの頭を、優しく撫でてあげる。

「姉ちゃん？」

「大丈夫だよ。ブラックバイパーは倒したから」

安心させるように言う。

「えっ」

「村のみんなをここに呼んでもらえる？　証拠を見せるから」

わたしは笑って、

「少し下がって」

カイを後ろに下がらせると、わたしは討伐したことを証明するためにクマボックスからブラックバイパーの死骸《しがい》を出す。

カイの目の前には動かなくなった巨大なブラックバイパーが現れる。

「死んでいる？」

疑うように聞いてくる。

死んでいることを証明するように、パンチしたり、蹴ったりしてみる。ブラックバイパーは動かない。

「ほんとうに……」

カイは恐る恐る、ブラックバイパーに触れて、死んでいることを確認する。

「みんなを呼んでくる」

カイは村の中に走りだす。


しばらくすると、村人が家から出てきて、遅い歩みでこちらにやってくる。

「本当に倒したのか」

「ブラックバイパーだ」

「死んでいるのか？」

ブラックバイパーを見て泣きだす者もいる。

「クマの嬢ちゃんが倒したのか」

「あ、ありがとう」

「ありがとうございます」

「お姉ちゃんありがとう」

わたしの格好を気にする者もなく、ブラックバイパーを倒したことを純粋に感謝される。

その中からカイの父親がやってくる。

「嬢ちゃん。さっきは悪かった。そして、ありがとう。村は救われた」

わたしの前に来ていきなり頭を下げる。

「気にしなくていいよ。誰だってわたしみたいな娘に倒せるとは思わないもんね」

「何かあったら言ってくれ、俺にできることならする。嬢ちゃんに救われた命だ」

「なにもお願いすることはないよ。しっかりした息子さんのために生きてあげて」

カイの父親が謝る横に1人の老人がやってくる。

次から次へと今度はどちら様？

「わしは長《おさ》のズンです。村を救ってくれてありがとうございます」

頭を下げる。

「でも、もう少し早ければ」

「いや、カイに聞いた。お嬢ちゃんは街に着いたカイの話を聞いて、すぐに駆けつけてくれたことを。日にち的にいっても十分すぎるほど早い。わしの予想では早くてもあと数日。だから、お嬢ちゃんがすでに亡くなった者のことを考える必要はない」

と言われたら、口を出すことはできない。

長老は後ろを振り向き、村のみんなを見る。

「みんなもろくに食事をしていないだろう。遅いが宴《うたげ》をしよう」

その声に村人は歓喜の返事をする。

泣いている者も悲しんでいる者も喜んでいる者も。

「大したおもてなしはできませんが参加してください」

長老は頭を下げて宴の準備に向かう。

村人はそれぞれの家から食材を持ち寄って村の中央に火を焚《た》き、いろいろな料理を作りだす。

踊り、騒ぎ、食べて、その日は村人は大いに騒いだ。

死んだ者のために。これから生きるために。生き残ったことに感謝して。

わたしがのんびりと村の様子を眺めていると、村の人が代わる代わるに料理を持って感謝しに来る。

子供はわたしの姿が珍しいのか、触りまくる。

それを親たちが止める姿が繰り返される。

宴は遅くまで続き、わたしは長老の家に泊まることになった。

41　クマさん、蛇退治を終えて街に帰る

翌日、朝早く目覚める。

天井が違う。

村長の家に泊まったことを思い出す。

体を起こして立ち上がると、隣の部屋から物音がする。

長老はすでに起きているらしい。

「おはようございます」

隣の部屋へ行き村長に挨拶《あいさつ》をする。

「もしかして、起こしてしまいましたかな？」

「大丈夫です」

「では簡単ですが、朝食を作りますのでお待ちください」

ボーッとしながら待っていると、朝食が運ばれてくる。

パンと野菜と…………目玉焼き？

「どうぞ、口に合えばよいのですが」

「あのう、これは？」

目玉焼きを指す。

「これはコケッコウの卵です。カイの父親が朝イチで森に採りに行ってくれました。ユナさんに食べてほしいと言って」

「その、ありがとうございます」

礼を言って、ナイフでパンに切れ目を入れて野菜と目玉焼きを挟んで食べる。

「おいしい」

「それはよかったです。採りに行ったカイの父親も喜ぶでしょう」

朝食を食べ終わり、卵について聞いてみる。

「この村ではコケッコウの卵が採れるんですか？」

「そうですな。森の中にコケッコウがいますから朝イチで行くと産みたてが採れます」

「コケッコウってどんな鳥なんですか」

「普通の鳥は木の上に巣を作るのですが、その鳥はあまり高く飛べないので、地面の草むらに巣を作ります。あと鳥ですが逃げ足は速いです」

にわとり？

「今朝採ってきた、コケッコウと卵がまだあると思いますから、お持ち帰りになりますか？」

「いいの？」

ちょっと嬉しいかも。

「もちろんです。村の恩人です。わしらに払えるものは何もありませんから、このぐらいかまいません」

卵とニワトリもどきゲット！


朝食を食べ終わった後、帰り支度を始める。

「本当に、帰られるのですか？」

「ギルドにも報告しないといけないからね」

村長の家を出るとカイがやってくる。

「姉ちゃん、帰るのか？」

「この村に向かっているギルマスと冒険者もいるし、報告をしないと迷惑がかかるからね」

帰り際、カイの父親からコケッコウを3羽とその卵10個ほどをもらう。

どこから見てもニワトリです。

今回の討伐で、これが一番嬉しいかもしれない。

ちょっと遠いけど、また来よう。

村人全員に感謝されて村を出発する。

くまゆるを呼び出し、クリモニアの街に向けて走りだす。

数時間、街に向けて走っていると、前方から向かってくる者がいる。

もしかして、ギルマス？

くまゆるの速度を落とす。

「ユナか！」

ギルマスがわたしに気づいて馬を止める。

「こんなところでどうした。もしかして、村が全滅か」

「ブラックバイパーなら倒したよ」

「……はぁ、すまん、もう一度言ってくれ」

「ブラックバイパーなら倒しました」

もう一度言う。

「冗談だろ」

面倒なのでクマボックスからブラックバイパーを取り出す。

ギルマスの前に巨大なブラックバイパーが現れる。

「本当に１人で倒したのか。でも、体に傷がついていないな」

「体にダメージを与えられなかったから、口の中に火の魔法を打ち込んで、焼き殺した」

「口の中ってそんな簡単に……」

ギルマスはブラックバイパーの口元を見る。

「確かに。だがよく体内まで打ち込めたな。普通は口の中で塞《ふさ》がれて奥までいかないんだけどな」

炎のミニクマが歩いて体の奥に行きましたとは言えない。

「とりあえず、わかった。村に行っても意味がないなら街に帰るぞ」

くまゆると馬が走りだす。

「すまないが、おまえさんの召喚獣と違って俺の馬はそんなに速くは走れない。合わせてもらっていいか。話も聞きたいし」

ギルマスに村で起きたことを説明する。

「おまえさん、無茶なことをするな」

無茶ができるのもクマ装備のおかげだけどね。

休憩を挟みつつ街に戻る。

慌てることはなかったので、馬たちの負担を軽減するために速度を落として帰ってきた。


ギルマスに会った翌日には街に戻ってきた。

そのままギルドに入るとヘレンさんがわたしたちを見つける。

その瞬間、泣きだす。

「ユナさん、ギルマス……。どうしてここに……。もしかして……」

「ヘレン大丈夫だ。ブラックバイパーなら倒した」

ギルマスはヘレンさんを落ち着かせるために状況説明をする。

「本当ですか!?」

涙を拭《ぬぐ》うヘレンさん。

「ああ、本当だから、落ち着け。それで、なんでそんなに慌てているんだ」

「それが、Cランクのラッシュさんが怪我をして戻ってきて、他のCランク以上の冒険者がどうしても捕まらなくて困っていたんです。でも、ブラックバイパーを倒すなんて、流石《さすが》ギルマスです」

「倒したのは俺じゃない。ユナ1人で倒した」

ヘレンさんは尊敬するようにギルマスを見る。

「えっ……」

ヘレンさんがゆっくりとわたしの方を見る。そんな大きく開いた目で見ないでよ。恥ずかしい。

「俺も同じ気持ちだ。でも、事実だ」

「本当にユナさん、1人で」

ギルマスの言葉でも信じられないようだ。

「それでユナ。今日はもう遅い。悪いが明日、もう一度来てくれないか。今回の報告書も書かないといけないし、ブラックパイパーの素材の件もある」

「早いほうが助かるが、おまえさんも疲れているだろう。時間は任せる」

「時間は？」

「了解」

わたしは冒険者ギルドを後にした。

42　クマさん、孤児院に行く

早朝、白クマの服のおかげで疲れもなく気持ちよい朝を迎える。

クマボックスから卵を取り出し、目玉焼きを作り、パンに挟んで朝食を食べる。

あとはお米と醤油《しょうゆ》と味噌《みそ》があれば日本の朝食ができるが先は長そうだ。

ギルマスに呼ばれているが時間指定はないのでのんびりと朝食をとってから家を出る。

ギルドに着くとすぐに職員によってギルマスの部屋に案内される。

「意外と早かったな」

「昨日はすぐに寝たからね。ギルマスも早いじゃない」

朝早く来たのに、すでに仕事をしている。

「俺は泊まり込みだ。この数日の仕事とブラックパイパーの件でな」

「ブラックバイパーの件って？」

「あれから、嬢ちゃんがブラックバイパーを倒した噂《うわさ》が広まってな。素材の申し込みが多くてな」

「まだ、売ると決めてないんだけど」

「わかっている。でも、そうも言ってられなくてな。嬢ちゃんも商人や防具屋に纏《まと》わりつかれても困るだろう」

「そんなに人気があるの？」

「そりゃな。皮は丈夫で軽いから防具に使われる。さらに魔法耐性もある。冒険者なら欲しがる者はたくさんいる。それに肉だって高級食材だ。どの部位も高く売れる。牙もいろいろな用途で使われる。最後に魔石だが、大きさによってはBクラスの魔石になる可能性もある。誰もが素材を欲しがるということだ」

「つまり、売らないといけないってこと？」

「売る、売らないは嬢ちゃんの自由だ。でも、売らないと」

「商人とかに付き纏われるってこと？」

「そうだ。ギルドとしても他に回されるよりはうちにに直接売ってほしい」

「売るのは別にいいけど。魔石と素材の一部はわたしも欲しいんだけど」

魔石はいつ役に立つか分からないから、取っておきたい。

「ああ、構わない。皮と肉をまわしてもらえれば落ち着く」

「それでどこで解体するの？　倉庫じゃ無理だよね」

ギルマスもブラックバイパーの大きさを思い出して悩んでいる。

「外しかないだろう」

「外？」

「街の外なら邪魔にならないだろう。さっそくで悪いが外でブラックバイパーを出してもらっていいか？」

「いいけど」

わたしとギルマスは部屋の外に出る。

「ヘレン、解体できる職員を集めろ。最低人数を残して解体作業をするぞ」

ヘレンさんはすぐに走りだし、人を集めてくる。集まった人数は10人ほど。

その中にはゲンツさんをはじめ、フィナまでいる。

「人手が足りないと思って連れてきた」

と、ゲンツさんに説明された。

ぞろぞろとギルドから門に向けて歩いていく、わたしと10名ほどの解体メンバー。

門から少し離れ、出入りの邪魔にならない位置へやってくる。

「この辺でいいだろう」

ギルマスの言葉にクマボックスからブラックバイパーを取り出す。

解体メンバーからため息の声が漏れる。

「でかいな」

「これ本当に、クマの嬢ちゃんが倒したのか」

「それ以前によく、アイテム袋に入るな」

「これ、今日中に終わるのか」

「おまえたち、見ているだけじゃ終わらないぞ。解体したら、部位別に冷蔵倉庫まで運ぶんだぞ。運ぶのは肉優先。皮は最後でいい。高級食材なんだから、腐らすなよ」

解体メンバーは返事をする。

「それでユナ。おまえさんはどうする？」

「どうするって？」

「ここで見ているのか？　帰るのか？」

「帰っていいの？」

帰っていいなら帰るけど。

蛇の解体作業なんて見たくないし。

「ああ、構わない。解体した素材は一度ギルドに運ぶ。そこで、おまえさんの取り分を決めたらいい」

「それなら、帰ろうかな。どのくらいで終わるの？」

「わからん。だから、終わったらギルドの者をおまえさんの家に行かせる」

「なら、フィナでお願い。あの子ならわたしの家に入れるから」

「わかった」

このまま家に戻るのもつまらないので屋台を冷やかしてから帰ることにする。

中央広場にやってきて美味《おい》しいものを探す。

できれば昼食を確保して帰りたいんだけど。

クマボックスに入れれば冷めることはないし。

広場をウロウロしていると端の一角に薄汚れた子供たちがいるのが見えた。

近くのウルフの串焼きを売っている店に行く。

「おお、クマの嬢ちゃん。また来てくれたのか。でも、今日は早いな」

わたしはいつもは昼時にやってくることが多い。

「ねえ、あの子たちは？」

串焼きを1本注文して、薄汚れている子供たちのことを尋ねる。

「ああ、孤児院の子供たちだな。たまにやってくるんだよ」

「何しに？」

「客の食べ残しを待っているんだよ」

「食べ残し……」

「客が食べ残したものを拾って食べているんだよ。客が捨てたものだから俺たちは文句は言えないけど、いい気分はしないな」

わたしは子供たちを見る。下は5歳ぐらいから、上は12歳ぐらいだろうか？

「おじさん。串焼き、20本ちょうだい」

「やめとけ。今日は食べさせても、明日はどうする。なにもできないならなにもしない方がいい」

わたしがなにをするか察したおじさんは忠告してくれる。おじさんが言っていることは分かる。これが大人なら無視する。でも、子供なら、見捨てることができない。

「孤児院には街からお金は出ていないの？」

補助金とか、援助金とか、出ていそうなんだけど。

「さあな。流石《さすが》に俺はそこまで知らねえな。金が出ていないのか、少ないのか。まあ、あれを見れば多くはないんだろうな」

会った感じ、クリフはまともな領主だと思ったけど、やっぱりくそ貴族なのかもしれない。

クリフの評価を下げて、おじさんに串焼きを頼む。

「俺は忠告したからな」

串焼きを20本受け取る。

わたしは串焼きを持って子供たちのところに向かう。

子供たちは串焼きを持っているわたしのことをジッと見ている。

「1人1本食べなさい」

そう言うと、子供たちはお互いの顔を見る。

「食べていいの？」

女の子が小さい声で尋ねてくる。

「熱いからゆっくり食べて」

串を1本渡してあげる。

少女は串を受け取ると食べ始める。

それを見た他の子供たちも串を受け取り食べ始める。

「お姉ちゃん、ありがとう」

嬉しそうにお礼を言う。やっぱり、串1本だけ渡して、離れるわけにはいかないよね。

「孤児院に案内してくれる？」

わたしは少女にそう言った。

少女はわたしの言葉の意味が分からないのか首を傾《かし》げる。

「お腹空《なかす》いているでしょう。もっと食べたいでしょう。だから、孤児院に案内してくれるかな。

わたし、肉を持っているから、みんなで食べよう」

少女は小さく頷《うなず》く。

「こっち」

少女が歩きだすと他の子供たちも悩んだあげくついてくる。

子供の足ではかなりの距離があっただろう。街の一番端までやってくる。

汚い家が一軒だけ、離れた位置に建っている。

ここまで酷《ひど》いのか。

壁は亀裂が入り、穴があいているところもある。

もしかすると屋根にも穴があいているかもしれない。

クリフの評価をさらに下げる。

ゴブリンキングの剣、譲るんじゃなかった。

国王に媚びを売る前にすることがあるだろうに。

剣を売ったお金を孤児院のために使った方がよかったかもしれない。

子供たちの案内で孤児院までやってくると、家の中から年配の女性が出てくる。

「どちら様でしょうか。わたしはこの孤児院を管理している院長のボウと申します」

「わたしは冒険者のユナです。この子たちを中央広場で見かけて」

「中央広場……。また、行ったの？」

院長先生は子供たちを見る。

「ごめんなさい」

「先生、ごめん」

子供たちは次々と謝る。

「いいのですよ。わたしがあなたたちに食べさせてあげられないのがいけないのですから。もしかして、この子たちがあなたになにかしましたか？」

「いえ、この子たちが、広場でお腹を空かせているようだったので」

「すみません。その、恥ずかしながら食べるものはあまりなくて」

院長先生は少し言いづらそうに答える。

「街から補助金とかは？」

「去年からだんだん減っていき、３か月ほど前に打ち切られました」

「打ち切られた……」

あの領主……。

「はい、わたしたちに無駄に払えるお金はないと」

「それじゃ、どうやって食事を」

「それは食堂や宿、野菜屋、果物屋に行って、傷んでお客様に売れないものをいただいてます」

クリフ……。

だんだんと怒りが湧いてくる。

「それでも、量が少ないので、この子たちは中央広場に行って……」

院長先生の声がだんだんと小さくなってくる。

「院長先生。食材を渡しますから、この子たちにお腹いっぱい食べさせてあげて」

孤児院の台所に案内してもらい。クマボックスから解体されたウルフの肉の塊を出す。

肉だけでは栄養が偏るので、買い占めていたパンとオレンの果汁の入った樽《たる》も並べる。

「えっと、ユナさん」

「はい、院長先生も手伝ってください。それ以前に、この孤児院には先生は院長先生1人しかいないんですか」

「いいえ、あとリズという女の子がいますが、今は食べ物を貰《もら》いに行ってます」

つまり、この孤児院の面倒を2人で見ているのか。

ウルフの肉を焼き、パンを用意し、オレンの果汁をセットにしてテーブルに並べていく。

「全員分あるから、慌てないで食べてね」

「皆さん、ユナさんに感謝していただきなさい」

子供たちは院長先生の合図と同時に食べ始める。

皆競争するように食べていく。

その顔には笑顔が浮かんでいる。

「ユナさん、ありがとうございます。あの子たちが笑顔になったのは久しぶりです」

「ウルフの肉はまだあるから、足りなかったら、焼いてあげてください」

「ありがとうございます」

しばらく子供たちが食べる様子を見てから、わたしは家の外に向かう。

それに気づいた数人の子供がついてくる。

「クマのお姉ちゃん。どこに行くの？」

「家を直そうと思ってね。この穴あきの家じゃ寒いでしょう」

外に出て、ひび割れ、穴あきの場所を確認する。

ひび割れ、穴を土魔法で塞《ふさ》いでいく。

「すごい、クマのお姉ちゃん」

「他にも穴があったら教えてもらえる？」

住んでいる子供たちの方が詳しいだろう。

教えてもらった場所は直す。

屋根の上にも登り、雨漏りの位置は分からないので薄い土で屋根全体を塞ぐ。

次に家の中に入り、中の壁も直していると院長先生がやってくる。

「なにをやっているのですか？」

「壁を修復しているのよ。これじゃ、隙間風《すきまかぜ》が入って寒いでしょう」

壁を土魔法で塞ぐ。

ベッドがたくさんある部屋を見つける。

ここでみんなで寝ているのかな。

一応、男女で分かれているようだが、狭い部屋にベッドがびっしり置かれている。

ベッドには小さなタオルが置いてあるだけ。

これが掛け布団の代わり？

これじゃ、寒いだろう。

確か、この孤児院にいるのは23人だったはず。

ウルフの毛皮を30枚取り出し、院長先生に渡す。

「ユナさん？」

「子供たちに渡してあげて。ベッドにあるタオル1枚じゃ寒いでしょう。院長先生の分と予備もあるから」

各部屋を回り、壁の修復を終える。


食堂に戻ってくると全員が食べ終わっていた。

でも、予備で用意していたウルフの肉が減っていない。

「食べなかったの？」

「はい。ユナさんのお許しが貰えれば、明日に回したいです。子供たちも今日食べるよりも、明日食べたいと言いまして」

「ああ、ごめん。言い忘れた。数日分用意しておくから、食べていいよ」

新たにクマボックスからウルフの肉とパンを取り出す。

これだけあれば、数日は大丈夫だろう。

「あのう。どうして、こんなにしてくれるのですか？」

「大人が食えないのは働かない大人が悪い。でも、子供が食べられないのは子供のせいじゃない。大人のせいよ。親がいなければ、周りの大人が助けてあげればいい。だから、わたしは子供のために頑張っている院長先生の味方よ」

「あ、ありがとうございます」

「あと、ここの領主と少し知り合いだから、補助金を出すように言ってあげるよ」

一言、文句を言わないと気がすまなくないしね。

「それはやめてください」

でも、院長先生に止められる。

「どうして？」

「ここの土地も領主様のおかげで借りている状態です。もし、怒りを買って追い出されでもしたら、わたしたちはどこにも行く当てがなくなってしまいます」

「ここの領主ってそこまで酷《ひど》いの？」

「わたしたちに住む場所を無償で貸してくださってますから、そんなことはありません……」

「でも、補助金もないでしょう」

「住む場所があるだけでも感謝してます」

クリフ最低だな。文句じゃなくて、一発殴りたくなる。

「とりあえず、わたしは帰るね」

「はい、その、ありがとうございました」

「クマのお姉ちゃん帰るの？」

子供たちが集まってくる。

「また、来るから」

子供たちの頭を撫《な》でてあげる。

「ほら、ユナさんも困るでしょう。みんな、お礼を言いなさい」

「クマのお姉ちゃん、ありがとう」

「ありがとう」

子供たちが笑顔でお礼を言う。

元気になってくれてよかった。

43 クマさん、孤児院のために行動する

クマハウスに戻り、孤児院のことを考えてみる。

生きることに必要なもの。

衣食住の3つ。

衣、急ぐ必要はない。

食、数日後には必要になる。

住、家は修復したからしばらくは大丈夫。

やっぱり、一番の問題は食料だろう。

屋台のおっちゃんが言っていたように流石《さすが》に毎日食料を持っていくわけにはいかない。

でも、手を差し伸べてしまったのだから引っ込めることはしたくない。

どうしようかと悩んでいると、ドアをノックする音が聞こえ、フィナの呼ぶ声が聞こえてくる。

「フィナ、解体終わったの？」

「うん。それで、ギルドマスターがユナお姉ちゃんを呼んでこいって」

孤児院のことは答えが出ないので、まずはフィナを連れてギルドに向かうことにする。

「おお、来たか」

ギルマス自ら出迎えてくれる。

「それで、ブラックバイパーは？」

「ああ、冷蔵倉庫にしまってある」

冷蔵倉庫に向かい、中に入ると大量の皮と肉、牙が山積みになっていた。

「ギルドはどのくらい欲しいの？」

「多ければそれに越したことはない」

「半分は？」

「もう少し欲しい」

「それじゃ、わたしが3分の1」

「うーん。それなら、いいだろう」

ギルマスの了承を得て、自分の確保する量をクマボックスにしまう。

「あと、これが魔石だ。本当ならこれも売ってほしかったんだけどな」

魔石はいろいろなものを作るのに必要なので最近は売らずに確保している。

ブラックバイパーの魔石が何になるかは未定だけど、売るつもりはない。

「お金の方はもう少し待ってくれ、量が量だけに少し時間がかかる」

「いつでもいいよ」

ギルドを出る頃には日が沈みかけている。

今日はまっすぐにクマハウスに戻る。

夕食とお風呂をすませて、ベッドの上に寝転ぶ。

ブラックバイパーの素材で孤児院を助けられる方法を考えるが思いつかない。

売ればお金になるがそれだけだ。

ブラックバイパーを倒したのだからレベルが上がっているかもしれないので、ステータス画面を出す。

最近、ウルフやゴブリンなどの低ランク魔物しか倒していなかったので、レベルは上がっていなかったが、ブラックバイパーを倒したおかげでレベルが上がり、新しいスキルを覚えていた。

クマの転移門
門を設置することによってお互いの門を行き来できるようになる。
３つ以上の門を設置する場合は行き先をイメージすることによって転移先を決めることができる。
この門はクマの手を使わないと開けることはできない。

おお、便利なスキルが来た。

でも、設置型か。ちょっと不便かな。これが、転移魔法とかで、イメージした場所に転移できたら便利だったけど。

でも、これも十分に便利なので感謝しておく。

すぐに試してみたいので、ベッドから起き上がり、部屋にクマの転移門を設置する。

部屋にクマのレリーフのある両開き門が設置される。意外と大きい。くまゆるたちが十分に通れる大きさはある。

次に1階の部屋に向かい、同様にクマの転移門を設置する。

門を開けると、その先は2階の自分の部屋だった。

便利だ。

だけど、設置型だと外に設置する場合、場所を考えないといけない。

使ったら消えるわけじゃないから、下手な場所には設置できない。

土足のこととか、くまゆるたちと移動した場合とか、意外と不便が多い。

瞬間移動だったらそんなことを考えないでいいし、戦闘でも使えたんだけど残念だ。

とりあえず、フィナが来たときのことを考えてクマの転移門ははずしておく。

うーん、クマの転移門って名前が長いな。

略してクマ門ってどうかな？

一瞬、寒気を覚える。

風邪でも引いたかな、名前は今度考えることにして今日は早く寝よう。

本日も朝食に目玉焼きと野菜をパンに挟んで食べる。

パンを齧《かじ》った瞬間、アイディアの神様が降りてきた。

そうだ。これがあるじゃない。

パンにかぶりつく。

卵だ。

卵を生産して売ることができれば。


朝食を済ませると、商業ギルドに向かう。

商業ギルドに着くと前回来たよりも人が多い気がする。

いや、確実に多い。人が入り口から溢《あふ》れ出ている。

これ、中に入れるかな？

わたしが入り口に立っていると。

「クマだ」

「もしかして、あのクマか？」

「ブラックバイパーの」

そんな声が聞こえてくる。そして、わたしが一歩踏み出すと、道ができあがる。まるで、モーゼの海割りように商業ギルドの中に道ができる。

道ができたので、遠慮なく中に入らせてもらう。そして、前回お世話になったミレーヌさんがいないか探す。

いた。

でも、接客中のようだ。

どうしたもんかと思っていると、接客が終わり、わたしに気づく。

「ユナさん！」

ミレーヌさんはわたしに声をかけてくる。

次の人が並んでいるのにいいのかな？

「どうしたのですか？」

「ちょっとミレーヌさんに相談したいことがあったんだけど」

並んでいる人を見る。

「それじゃ、お聞きしますね」

「いいの？」

「大丈夫です。別の者に代わりますから。それでは、ユナさん、こちらで相談を伺います」

並んでいる人の目が怖いんですけど。

順番を抜かしたのだから仕方ないけど、わたしのせいじゃないよ。

ミレーヌさんは別の職員と席を代わり、わたしを別室に連れていく。

「それにしても、混んでいるけど、何かあったの？」

「ユナさん。本気でそれ、言ってますか？」

呆《あき》れたような目で見てくる。

「………………？」

商業ギルドが混んでいる理由なんてわたしが知る由《よし》もない。

「はぁ」

なぜ、ため息をつく？

「本気で言っているみたいですね。皆さん、ユナさんが討伐したブラックバイパーの素材を買い付けに来ているんですよ。もう、昨日から大変ですよ。数に限りがあるのに、皆、たくさん欲しがりますから」

「そうなの？」

「特にブラックバイパーの皮と牙は人気がありますね。肉も高級食材になりますし、王都に売りに行く商人もいるほどですよ」

「そんなに人気があるんだ」

「はい、おかげさまで。ユナさんのおかげで儲《もう》けさせてもらってます」

小さく頭を下げる。

「それで、相談とはなんでしょうか。ユナさんの頼みごとならある程度の無理はお聞きしますよ」

それはありがたい。

遠慮なく、お願いをしてみよう。

「孤児院があるでしょう」

「街の端の方にある孤児院ですね」

「そう。その近くの土地を売ってもらうことはできる？」

「孤児院の近くの土地ですか。少しお調べしますのでお待ちください」

ミレーヌさんは部屋から出ていき、資料を持ってすぐに戻ってくる。

相変わらず、仕事が早いです。

「そうですね。大丈夫です。孤児院もあるせいであの土地を利用する者はいません」

「孤児院があるとだめなの？」

「悪い言い方をすれば、教育ができていない子供たちです。なにかを建てたとしても、悪さをされる恐れもあります。それに街の端にあるせいで、もともと人気のない土地ですから」

確かに、薄汚れた子供たちが近くにいたら、気分を害する者もいるかもしれない。

「それじゃ、その土地をわたしが買ってもいいのね」

「はい。問題はありません」

「それじゃ、その一帯の土地を売ってちょうだい」

「失礼ですが、どうなさるのですか」

「うーん、内緒」

「内緒ですか？」

「できるか分からないからね」

提示された金額を払って、土地の権利書を貰《もら》う。

孤児院周辺の土地はわたしのものになった。

一度クマハウスに戻り、倉庫に転移門を設置する。

設置が終わると街の外に行き、くまゆるを呼び出す。

今から行けば今日じゅうには着く。

くまゆる、くまきゅうに乗ってブラックバイパーを倒した村に向かう。

二度目だし、少年も乗っていないので、前回よりも早く到着する。

前回、倒したときにクマの転移門に気づいていれば二度手間にならなかったのに。

まあ、今さら言っても仕方ない。

今回は村に入らず、少し離れた山に入る。早くしないと陽が沈んで暗くなってしまう。

「いい場所ないかな」

山に入り数分。崖《がけ》の下にちょうどいい場所を見つける。

ここでいいかな。ここなら、人もやってこないだろうし。

崖下《がけした》に下りて、横穴を掘る。

入り口はくまゆるたちが入れるほどの大きさにして、奥の穴は大きな空洞を作る。

穴の中は暗いのでクマの光を2つほど作って作業を続ける。

細かい部分は後日やるとして、入り口は土魔法で埋めて、転移門を設置して門をくぐる。

「ただいまっと」

一瞬でクマハウスの倉庫に戻ってくる。

やっぱり便利なスキルだ。

44　クマさん、鳥を飼う

翌日朝早く、昨日設置したクマの転移門を使って村に向かう。

村に入るとわたしに気づいた村の人がやってくる。

「どうしたのですか？」

「村長さんに会いたいけど、大丈夫かな？」

「はい、大丈夫だと思います」

親切に村長の家に案内してくれる。

「これはユナさん。どうしたのですかな？」

村長は笑顔で出迎えてくれる。

「おはようございます。ちょっとお願いがあって……」

「ユナさんのお願いなら、お聞きしますよ」

「先日いただいたコケッコウなんだけど。生きたまま捕まえることってできます？」

「生きたままですか？　罠《わな》とか仕掛ければ比較的簡単に捕まえることができると思いますが」

「それじゃ、捕まえるのをお願いできますか？　できれば卵が欲しいから雌鳥をお願いしたいんですけど」

「村を救ってくれたユナさんの頼みです。それで数はどれほどを」

「多ければ多いほどいいけど、それだと、村の食べる数が減るから、村に影響が出ない程度に捕まえてくれると」

「わかりました。それではさっそく、村の手が空いている者に捕まえに行かせましょう」

「ありがとう」

これで、コケッコウが手に入れば産みたての卵が手に入る。

「それで、ユナさんはどうなさりますかな？」

「時間はどのくらいかかりそう？」

「そうですな。昼までには数羽は捕まえることはできると思いますが」

「それじゃ、昼に戻ってくるよ。ちょっと山で他の用事があるから」

わたしは村長にコケッコウを頼み、転移門がある洞窟まで戻った。


洞窟の中に入り、一度転移門を消す。

洞窟をさらに広げて、土魔法で家を作り出す。

1階建ての小さなこぐまの形をしている。

部屋割りは台所、トイレ、風呂場、自室になっている。

各部屋に光の魔石を設置する。最後にこぐまの玄関のドアの隣にクマの転移門を設置する。

これで、拠点1号が完成する。

村に戻ると、縄で縛られたコッケコウが20羽ほどいた。

思ったよりも多い。

「こんなにいいの？」

「すぐに雛《ひな》が生まれて育つから大丈夫です。なによりも、この辺は魔物がいないせいで鳥も育ちやすい環境になっていますから、安心して持っていってください」

魔物（餌《えさ》）がいないから、ブラックバイパーが人里まで来たってことなのかな？

村の人に、くまゆるとくまきゅうに落ちないようにコケッコウを縄で縛り付けてもらう。クマボックスに生きたまましまえればよかったのだけど、それができないから仕方ない。

「ほんとうに今から帰るのですか？」

「早く帰りたいからね」

「そうですか。おもてなしをしたかったのですが」

「十分だよ」

別れ際、コケッコウの代金を支払おうとしたが、村長は受け取ろうとしなかった。

「いえ、村を救ってくれたユナさんから受け取れません」

そんなわけにはいかないので、無理やり村長に渡し、くまゆるとくまきゅうを走らせる。そのまま転移門がある洞窟まで来て、クリモニアの街のクマハウスに転移する。

このまま孤児院に向かいたかったが、街の中でくまゆるたちを走らせるわけにはいかない。

そんなことをすれば大騒ぎになる。

なので、夜になるまで待つことにする。

コケッコウはくまゆるたちに縛り付けたままだけど、死なないよね。


外は暗くなり、深夜にクマが動きだす。

暗闇の中をクマが走る。

誰もいない道を走り抜けるクマ。

え、転移門使えばいいって？

街の中をクマで走りたかっただけだよ。

孤児院の側を通り抜け、商業ギルドで買った土地に到着する。

くまゆるから降りて、土地を確認する。

この辺でいいかな。

土魔法で鳥小屋を作る。

さらに鳥小屋の周りに高さ３ｍほどの高さの壁を囲むように作る。

これぐらいの高さがあれば逃げないよね。

くまゆるたちを連れて鳥小屋に入り、コケッコウを縛っている縄を解《ほど》く。

縄から解放されたコケッコウは小屋の中を動き回る。

生きていることを確認できてホッとする。


翌朝、朝食をすませると孤児院に向かう。

孤児院に向かうと、鳥小屋の壁の前に子供たちが集まっている。

「クマのお姉ちゃん!?」

子供たちがわたしに気づきやってくる。

「クマのお姉ちゃん。朝、起きたら、いきなり壁ができてたの」

手振りで一生懸命に説明をしてくれようとする。そんな子供の頭に手を置く。

「わたしが作ったからね」

「お姉ちゃんが?」

孤児院の子供たちがわたしを見る。

「とりあえず、院長先生とみんなに話があるから孤児院に行こう」

子供たちを連れて孤児院に向かい、院長先生に会うことにする。

孤児院に着くと、院長先生と20歳前後の女性がいる。

この人が院長先生が言っていた孤児院で働いているリズって人かな。

「これはユナさん。先日はありがとうございました。こちらが、先日話したリズです」

「リズです。食料をありがとうございました」

リズさんは頭を下げる。

「それで、今日はどのような用件で」

「子供たちに仕事を与えたいんだけどいいかな。もちろんお給金は払うよ」

「子供たちに仕事ですか？」

「心配しなくても危険な仕事とかじゃないから」

「どんな仕事なんでしょうか？」

「外にある壁は見ました？」

「はい。朝起きたら壁ができていて子供たちが騒いでいましたから」

「壁は昨日の夜にわたしが作ったんだよ。その壁の中で子供たちに鳥の世話をしてほしいんだけど」

「えーと、一晩で壁を作った？」

「鳥の世話？」

院長先生とリズさんがそれぞれが違う理由で驚く。

わたしは壁は魔法で作ったことを話し、仕事内容を説明する。

早朝、卵の確保、小屋の掃除、コケッコウのお世話をしてもらう。そして、コケッコウは食べ物じゃないことを注意しておく。

「つまり、卵を売って商売をするってことでしょうか？」

「この街だと卵の価値が高いみたいだからね」

「本当にそれだけでお金をいただけるのでしょうか？」

院長先生は信じられないようにわたしを見る。

「他にもお願いしたいことがあるけど、今はそれだけ。どうかな？」

院長先生は子供たちの方を見る。

「あなたたちどうしますか。ユナさんが仕事を与えてくれるそうです。働けばごはんが食べられるようになります。働かなければ、数日前の状態になります。ちなみにユナさんが食料を持ってきてくれることはもうありません」

院長先生は子供たちに問いかける。

子供たちはわたしと院長先生の言葉を聞いて、お互いの顔を見る。

そして、子供たちは頷《うなず》く。

「やります」

「やらせてください」

「わたしもやる」

「俺も」

「ぼくも」

子供たちが元気よく返事をする。

「全員やるってことでいい？」

全員、返事をする。

「ユナさん。この子たちのことをお願いします」

頭を深く下げる院長先生。

「はい、それとリズさんをお借りしてもよろしいでしょうか？」

「わたし？」

「はい、この子たちのまとめ役をお願いしたいので」

「そういうことでしたら、構いませんよ。リズ、しっかりユナさんの指示を聞くのですよ」

「はい、院長先生」

ドアを開けて壁の中に入り、鳥小屋に入る。
鳥小屋に入るとコケッコウが寝ている。
「あなたたちの仕事は、
その1、外が晴れているとき、朝イチで鳥たちを外に出すこと。
その2、鳥小屋にある卵を確保すること。
その3、鳥小屋を掃除すること。

その4、鳥に水、餌をあげること。

その5、最後に鳥たちを鳥小屋に戻すこと。

できる？」

子供たちに尋ねる。

子供たちは迷うことなく返事をする。

「それじゃ、鳥を出してあげて。鳥が産んでくれた卵は、あなたたちの食べ物を買うお金に換わるのだから、やさしくね」

子供たちは返事をする。

「卵はこの容器に入れて」

土魔法で卵用ケースを作る。

卵の形をした穴が10個あるケースだ。

予備も含めて100個ほど作っておく。

子供たちは卵を持ってくる。

穴が10個埋まる。

ちょうど1パック分。

20羽なら上出来かな。

「リズさん、野菜くずってありますか」

「はい。ありますけど」

「それを鳥たちに食べさせてあげてもいい？」

「それは」

野菜くずでもリズさんが頭を下げて貰《もら》ってきた食べ物だ。

それを鳥に食べさせるには戸惑いがあるのだろう。

「まだ、信じてとは言えないけど。リズさんが貰ってきてくれた野菜は鳥たちの栄養になり、卵を産んでくれます」

「……わかりました」

わたしを信じてくれたのか分からないけど、リズさんは了承してくれた。

「それじゃ、リズさん。あとのことは任せていいですか？」

「どこか行くのですか？」

「せっかく、卵が産まれたんだから、売りに行かないとね」

卵を持って、ある場所に向かう。

45 クマさん、商業ランクFになる

ある場所とは商業ギルド。

商業ギルドは昨日と同様にたくさんの人で混み合っている。

これが全てわたしのせいだとは思いたくない。

人ごみの中に入ろうと入り口に向かおうとしたら、ティルミナさんがいることに気づいた。

ティルミナさんと目が合う。

「ユナちゃん？」

「ティルミナさん、こんにちは。どうしたんですか。こんなところで」

「わたしは商業ギルドで、仕事がないか調べに来たんだけど」

「仕事？」

「ええ、本当は冒険者に復帰しようと思ったんだけど、家族に止められてね。それなら、読み書きも計算もできるから、そっち方面で仕事がないか、商業ギルドに調べにきたのよ」

読み書き……。

計算……。

「ティルミナさん、わたしのところで働きませんか？」

「ユナちゃんのところで？」

「ちょっと、新しい商売を始めるんだけど。ティルミナさんに手伝ってもらえると助かると思って」

卵の管理や商業ギルドとの仲介人が欲しかった。

「ちなみに仕事ってなに？」

「ここで、説明するのはちょっと…」

周りには商人がたくさんいる。

卵の情報はまだ知られたくないため、場所を移動することにする。

面倒だけど、一度クマハウスまで戻る。

「それで商売って？」

クマハウスの中に入り、ティルミナさんに飲み物を出して、仕事内容を説明する。

孤児院でコケッコウを飼っていること。

卵を産ませていること。

商業ギルドで販売をしたいこと。

「管理ってことは、コケッコウの管理ってこと？　わたし、鳥なんて育てたことないわよ」

「鳥の管理は孤児院の子供たちにやってもらうよ。ティルミナさんには商業ギルドへの販売をお願いをしようと思って」

「販売？」

「これから商業ギルドに行って、卵の販売契約をしてこようと思っているんだけど。ティルミナさんには経理、会計、卵の数の確認、価格の確認。取引書の虚偽不正がないか、などの確認をお願いしたいんです」

口に出しただけで、面倒だ。ティルミナさんが引き受けてくれなかったら、しばらくは自分がやらないといけなくなる。

「話はわかったけど。これ、かなりの大事《おおごと》じゃない。わたしでいいの？」

「わたしこの街に知り合いはほとんどいないし、ティルミナさんなら少なからず、どんな人か知ってますから」

理由を説明するとティルミナさんは嬉しそうに微笑《ほほえ》む。

「うん、わかった。この仕事引き受けるわ。ユナちゃんにはわたしも娘もお世話になっているしね。それに仕事はしようと思っていたし、わたしも感謝だよ」

これで、事務担当をゲット！

わたしの仕事が着々と減っていく。

ティルミナさんとの話が終わったので、卵の取引をするために再度商業ギルドに向かう。

いまだに人で溢れている。

わたしが先日同様、商業ギルドの入り口に立つと。「クマだ」「くま」「クマが来た」と声が聞こえてくる。

　人ごみなのに、忽然《こつぜん》と歩く通路ができあがる。

「ユナちゃん、凄《すご》いわね」

　ティルミナさんがそんな状況を見て呆《あき》れ顔になっている。ティルミナさんはブラックバイパーの件は知らないのかな？

　わたしはギルドの中に入り、受付の方を見る。数人の受付がいる。

　先日お世話になったミレーヌさんを探すが、いないようだ。

　今日はお休みかな？

　できれば顔見知りがよかったんだけど。仕方なく、受付に並ぼうとしたら、後ろから声をかけられた。

「あら、ユナさん。今日はどうしたのですか。それとその方は？」

　振り向くとミレーヌさんがいる。

「どうして、後ろから」

「休憩だったので外に行っていたんです。それで、ユナさんはギルドにどういったご用件で？」

「ちょっと、あるものを売りたくて、ミレーヌさんに相談があるんだけど」

「あるものですか？」

　ミレーヌさんの目がキラリンと光る。

怖いんですけど。

「なら、別室でお話を聞きますね」

わたしはミレーヌさんに摑《つか》まれて連行されていく。

その後ろをティルミナさんがついてくる。

「それでお話とは」

小さな個室。大きめの机があり、その周りに椅子が並んでいる。

わたしたちはミレーヌさんの対面側に座り、クマボックスから卵を取り出す。

「これはコケッコウの卵ですか」

「この卵を定期的に売りたいんだけど。売れる？」

「定期的にですか？　それはどの程度ですか？」

「しばらくは、一日10個から20個、将来的には多ければ一日1000個を目標にしたいけど」

「1000個って、どうやって確保するんですか？」

「コケッコウを飼うことにしたから」

「飼うって……もしかして、孤児院周辺の土地ですか？」

わたしは孤児院の子供たちに手伝ってもらって、鳥を育てることを説明する。

「それで、この卵を定期的に売ることは可能？」

「そうですね。価格次第ですけど可能です」

「価格はミレーヌさんにお任せします」

専門のことは専門家に任せるのが一番。そもそも、卵の価値が分からない。

「でも、よろしいのですか？」

「なにが？」

「卵の数が増えれば必然的に価格が下がります。だから、無理に数を増やす必要はないのでは？」

「理由はいくつかあるけど。卵を普通の人にも食べてほしいから。あと、卵を作っているのが孤児院だと、いずれはバレると思う。そのときに、価値がある少量の卵よりも、価値が低い大量にある卵の方が盗まれない。そうなれば孤児院の子供たちも安全でしょう」

それにこの世界では卵の価値が高いためか卵料理が少なすぎる。

「それに、安くなれば卵料理も増えるでしょう」

わたしのそのような説明に、ミレーヌさん、ティルミナさんは驚いている。

金儲《かねもう》けを考えないで商売する者は少数派らしい。

どこの世界でも、商人は金儲けを第一に考える人種だからね。

それから、ティルミナさんを含めて3人で話し合い、契約書を作成する。

卵は毎日孤児院の近くにある鳥小屋まで取りに来てもらう。

卵の販売価格はギルドに任せる。高くして売れなくなったら困るからね。

餌の野菜くずはギルドが手配をする。これで、リズさんの負担がなくなる。

卵の引き渡しは基本ティルミナさんが行う。

卵の入手方法および、生産している人物は秘密にすること。

そして、最後の一文に〝あること〟が書き込まれることになる。

「以上で契約書はいいでしょうか？」

「うん、大丈夫だよ」

「それではユナさん、商業ギルドに登録を致しますのでギルドカードをいいですか？」

「登録？」

「はい、商業ギルドに登録していただかないと、売買はできませんよ」

そんなの子供でも知ってますよ。って顔をするのはやめてください。

「登録するのはわたしだけでいい？」

「いえ、ティルミナさんもお願いします。卵の取引をするとき、ギルドカードの確認が必要になりますので」

「ちなみに、ギルドカードって冒険者ギルドで作ったカードでいいの？」

「はい、ギルドカードは基本皆同じものです。カードの内容を付け加えるだけですから冒険者ギルドで作ったもので大丈夫です」

わたしとティルミナさんはミレーヌさんにギルドカードを渡す。受け取ったミレーヌさんは部屋の隅にある水晶板のところに移動する。そして、ギルドカードを水晶板に載せて操作をする。

登録は数分で終わり、ギルドカードを返してくれる。

「それでは商業ギルドとカードの説明をしますね」

カードの確認をする。

名前：ユナ
年齢：15歳
職業：クマ
冒険者ランク：D
商業ランク：F

相変わらず、職業はクマのままである。

新しく、商業ランクが追加されている。

「商業ランクとは冒険者ランクと同様に、商人としてのレベルを示してます。ランクが高いほど信用度が高くなります。ですので、新しい街で商売をするときはランクが高いといろいろと優遇されることが多いです」

「優遇？」

「その街の立地条件がよい土地を貸してもらえるとか、必要な人物を紹介されたり、物資が優遇されます。その人が凄い商人でしたら、街に恩恵をもたらしてくれますから」

なるほどね。

ランクが高ければ信用も高くなる。それは冒険者でも同じことだ。

「ちなみにどうやったらランクが上がるの？」

「商業ギルドへの貢献度になります。簡単にいえばどれだけ税金を納めたかになります」

なんとも分かりやすいことだ。

「あと、どの街でもそうですが、商売をするときは商業ギルドの許可が義務付けられています。許可なく売買をした場合は罰せられますのでお気をつけください」

ようは勝手に商売をするなってことだよね。

でも、今のところ店を出す予定はない。

「あと、冒険者ギルド同様、お金を預けることができます。お預かりしたお金は冒険者ギルド、商業ギルドともに共通になりますのでお気をつけください。預かったお金は商業ギルド、冒険者ギルドどちらでも下ろすことは可能です」

冒険者ギルドでも、説明を受けたがわたしは使っていない。

クマボックスがあるのもそうだが、神様が換金してくれたお金が大量にある。

100億円が101億円になっても変わらない。

「それで卵の売上金はどういたしましょうか。現金でお渡ししますか。それともユナさん、ティルミナさんどちらかのカードに振り込んでおきますか」

「ティルミナさんのカードにお願いします」

わたしは迷うことなく答える。

「ちょっと待って」

でも、ティルミナさんがちょっと待ったコールをしてくる。

「それって売り上げの全部？」

「そうだけど。ティルミナさんや子供たちのお給金の支払いもあるし、必要経費もあるだろうし。そのたびにわたしが用意するの面倒だからね」

「信用してもらえるのは嬉しいけど、大金になるかもしれないお金を持つのは嫌よ」

「それでは、指定金額を決めてはどうでしょうか。必要な金額だけをティルミナさんのカードに、それ以外のお金をユナさんに入れるのはどうでしょうか」

「そんなことができるの？」

「はい、商人の方で仕入れ担当とお給金を管理をする者が違う場合、よくしていることです」

子供たちとティルミナさんのお給金の金額、必要経費を決めて、残りをわたしのカードに入れることにする。


今後の予定も決まったので商業ギルドを出る。

必要があれば、また来ればいいことだ。

今日、持ってきた卵は試食品としてミレーヌさんに無料で渡しておいた。

お得意様に食べてもらうためだ。

まずは固定客を確保するために、損して得取れだ。


商業ギルドを出たわたしたちは、ティルミナさんの紹介を含め、今後のことを話し合うため孤児院に向かう。

基本的に院長先生にはいつも通りに孤児院の管理をお願いした。

子供たちが働いたお給金は院長先生に渡し、衣食住の手配を頼む。

リズさんには子供たちの世話を頼む。

もちろん、リズさんにもお給金は払う。

ティルミナさんには卵とお金の管理。商業ギルドとの顔つなぎをお願いする。

わたし？

何もしないよ。

鳥小屋も作った。柵代わりの壁も作った。鳥も捕まえた。商業ギルドと契約もした。

わたしの役目はないよ。

あるとすれば定期的に鳥を捕まえて数を増やすことぐらいかな。

わたしは、卵の数を増やすためカイの村近くの山に行っては鳥を捕まえている。

村の近くだと迷惑がかかるので、少し村から離れたところまで獲りに行っている。

そのおかげで、コケッコウの数も300羽まで増え、さらに卵から雛《ひな》も生まれ、育ちつつある。

そんなある日、領主のクリフが家にやってきた。

「いらっしゃい、クリフ様。なにかご用ですか」

一応、領主様だから丁寧に出迎える。

「ユナ、おまえに聞きたいことがある」

「なんでしょうか？」

「どうして、我がフォシュローゼ家に卵を売らない」

46　クリフ、卵の謎を追う

本日の午前の仕事を終えて一休みをする。

書類を確認してサインをするだけだが、量が多くて面倒だ。

休んでいると執事のロンドが執務室に入ってくる。

「休憩のところ申し訳ありません」

「なんだ、緊急の用件か？」

「いえ、大したことではないのですが、お耳に入れた方がよろしいかと思いまして」

ロンドが言うなら、本当に大したことではないんだろう。でも、気になることがあるらしい。

「最近、コケッコウの卵が街に大量に流れ始めたのですが、少しおかしいのです」

「どう、おかしいのだ」

「はい。まず、どこから流通しているのかが分かりません。次にフォシュローゼ家の名前を出すと卵を売ってくれなくなります」

「はぁ？　なんだそれは」

「いつも食材を仕入れている者に聞いても言葉を濁《にご》すばかりで、時間がかかってもよいとお願いしてもよい返事は返ってきません。それで他の店に普通に行けば手に入るのですが、フォシュローゼ家に届けてほしいと頼むと、卵がなくなった、予約でしばらくは無理ですと断られる始末です」

「どういうことだ」

確かに、大したことではないが、気になる話だ。

「フォシュローゼ家に卵を売りたくないことぐらいしかわかりません。商業ギルドに尋ねても、そんなことは知りません、としか返事が返ってきません」

別に卵ぐらい食べられなくても構わないが、気分的によいものではない。

「急ぎの仕事は午後はなかったな。商業ギルドに行ってみるか」

休憩を早々に切り上げて商業ギルドに向かう。


会う約束もしてなかったがギルドマスターにはすぐに会うことができた。

「これはクリフ様。商業ギルドまで、どうしたのですか？」

商業ギルドのギルドマスターとミレーヌが胡散臭《うさんくさ》い笑顔を向けてくる。

「今日は仕事の話じゃない。個人的に聞きたいことがあって来た」

「個人的なこと？」

「コケッコウの卵の件だ」

「コケッコウの卵ですか」

ミレーヌは表情一つ変えずに聞き返してくる。

「そうだ。なんでも俺に卵を売らないようにしているみたいだな」

「そんなことしてませんよ」

この女は優秀だが、俺に対しても平気で嘘《うそ》をつく。

「嘘をつくな。情報は上がってきている」

「コケッコウの卵は人気がありますから、売り切れたり、予約で埋まっているから買えなかったのでは？」

「卵を売っている人間に同様のことを言われたよ」

「なら、そうなんですよ」

「それで俺が納得すると思うのか？」

「卵ぐらい、食べられなくてもいいのでは？」

「俺は誰とも分からない人間にそんなことをされているのがムカつくんだよ。娘にも卵を食べさせてやりたいしな」

「それじゃ、娘さんの分はお持ち帰りになりますか？」

「俺の分はないのか」

「ないですね」

ミレーヌはにっこりと笑顔を向けてくれる。

ムカつく女だ。

俺に反抗できる数少ない人間だ。

「どうしても、教えないつもりか？」

「約束ですから。クリフ様に卵を売らないことは」

「それは領主である俺との関係を壊してまで守ることなのか？」

「そうですね。今回の件でクリフ様が悪くなければ、わたしもあなたの味方だったかもしれませんが。でも、今回はあの子の味方。わたし、あの子のことが好きだから」

俺が悪い？　それにあの子？　誰のことを言っているのだ。

「あなたのせいで苦しんだ子がたくさんいる。それを救ったのがあの子」

苦しんだ子？　いったい誰のことを言っているんだ。誰かを苦しませた記憶などない。

「クリフ様が立派な領主なのはわたしも認めます。でも、あの子が正しいと思うから、あの子の味方をするつもり」

「おまえさんがそんなに肩入れするとは珍しいな」

「だって、面白い子なんですもの。今までにたくさんの人間を見てきたけど、実力、行動、考え方、こんなに見抜けない子初めてですよ」

「おまえさんがそこまで言う人物、卵の件は別にして会ってみたくなるぞ」

「会わせるつもりはないですよ」

「せめて、俺がなにをしたか教えてくれないか？」

「だめ。それを話せばその子の繋《つな》がりが分かるから」

「それじゃ、前回の貸しを返してもらおうか」

「貸し？」

「国王の献上品を用意できなかっただろう」

本来は商業ギルドで手配してもらうはずだった。それができなかった。

「それを今言います？」

「それが商業ギルドの役目だろ」

「そういえば、国王への献上品は決まったのですか？」

「ああ、冒険者からゴブリンキングの剣を譲ってもらった」

「ゴブリンキングの剣？」

「ああ、クマの格好をした冒険者がゴブリンキングを倒したときに手に入れたらしいんだよ」

「クマってもしかしてユナちゃん？」

ユナの名前が出たら、初めてミレーヌの反応が変わった。

「ユナを知っているのか」

「ゴブリンを100匹倒した新人。ウルフの乱獲、タイガーウルフの討伐、最近ではブラックバイパーを討伐した、クマの格好をした可愛《かわい》い女の子」

「やけに詳しいな」

「それは期待の新人ですから。商業ギルドでも目をつけてますよ。でも、ゴブリンの群れを討伐したときに、ゴブリンキングの剣を手に入れていたのね。商業ギルドに売ってくれたらよかったのに」

「そんなわけで、国王への献上品は手に入れた。その国王の献上品を用意できなかった貸しを返してもらおうか」

「汚いですね。でも、クリフ様もユナちゃんと知り合いだったのですね」

「まあな。俺もあの娘を気に入っている。あんなに面白い冒険者は初めてだ」

「でも、そんな冒険者のユナちゃんに嫌われたのですね」

「……なんだと」

「卵をギルドに提供しているのはユナちゃんですよ。そして、卵をフォシュローゼ家に売らないことを条件にギルドは取引をしています」

「ユナだと」

あのクマの嬢ちゃんが俺を嫌っている。

そう思った瞬間、気分が悪くなった。

初めて会ったとき、面白い少女だと思った。

召喚獣のクマにも乗せてもらった。

ゴブリンキングの剣も譲ってもらった。

噂《うわさ》のクマハウスも見に行った。

ブラックバイパーを倒し、村を救った話を聞いた。

性格的にも好感が持てる。

そんなユナに俺が嫌われているだと？

先日、ゴブリンキングの剣を譲ってもらったときには、そんなそぶりはなかった。

「理由を聞いてもいいか？」

「それは本人に聞いてください」

これ以上聞いても答えてくれないだろう。

この女はそういう女だ。

「分かった。ユナに会ってくる」

商業ギルドから出てユナに会うためにクマハウスに向かう。


目の前にクマの形をした家がある。

この街で有名になりつつある建物。

俺はクマハウスの前に立ち、ユナを呼ぶ。

「いらっしゃい、クリフ様。なにかご用ですか」

「ユナ、おまえに聞きたいことがある」

「なんでしょうか？」

「どうして、我がフォシュローゼ家に卵を売らない」

　単刀直入に尋ねる。

「なんのこと？」

「ミレーヌから俺が無理やり聞いた。だから、あいつのことを怒るなよ」

「別に怒ってないよ。ギルドに迷惑がかかるようだったら、わたしのことを話してもいいことになっているし」

「それで、どうして、俺に卵を売らないように指示をした」

「この卵を作っているのが孤児院だからよ」

「…………？」

「だから、ちょっとした逆恨みで卵を売らないことにしただけ」

「どうして、孤児院が作っていると俺に卵を売らないことになる」

「本気で言っているの？　孤児院の補助金を徐々に減らしていき、最後は打ち切る。確かに孤児院は街のために貢献はしていない。だからといって未来ある子供たちを死に追い込むようなことをしていいとは思わない。子供たちだって、好きで親がいないわけじゃない。それを必要ないからといって切り捨てるのは好きじゃない」

ユナが何を言っているのか分からない。

考える時間を与えず、ユナは言葉を続ける。

「子供たちはお腹《なか》を空《す》かして、人の食べ残しを漁《あさ》るありさま。孤児院の先生たちは店や宿に頭を下げて、食べ物のくずを貰《もら》う生活。服は毎日同じもの。寝る家は、隙間風《すきまかぜ》が吹いている。ベッドにかける暖かい布団はない。そんな子供たちが頑張って面倒をみた鳥から産まれた卵を、どうしてあなたに食べさせないといけないの？」

「…………」

「別に卵ぐらい食べなくても生きていけるでしょう。領主様なら」

ユナが何を言っているか分からなかった。

孤児院の補助金を打ち切った？

子供たちが拾い食いをしている？

食べ物のくずを貰う生活？

穴があいた家？

着る服がない？

暖かい布団もない？

「それを聞いたわたしからのささやかな報復。もっとも、孤児院の院長先生は住む場所だけでも与えてもらっているからと、感謝していたけどね」

つまり、ユナは俺が孤児院の補助金を打ち切り、孤児院の子供たちが食うにも困っている姿を見て怒っていると。

それで、ユナは孤児院の子供にコケッコウの仕事を与え、卵を産ませて商業ギルドに売っているってことか。

その報復として、ささやかだが俺に卵を売らなかったと。

ミレーヌがユナの味方をする理由はわかった。

だが、俺は孤児院の補助金は打ち切っていない。

なぜ、そうなっている。

「ユナ、信じてもらえないかもしれないが、俺は孤児院の補助金を打ち切っていない。俺はこれから戻って確認をする。分かりしだい、また来る」

俺は急いで自分の館に戻る。

歩きではない。走って戻った。

どうして、孤児院の補助金が支払われていない。


執務室に戻り、執事のロンドを呼ぶ。

「お戻りですか、クリフ様」

「ロンド！　至急、孤児院の補助金がどうなっているか調べてくれ」

「孤児院の補助金ですか」

「そうだ。この俺を血も涙もない領主にした人物を探せ！」

「わかりました」

ロンドは頭を下げると執務室から出ていく。

午後はいらついて仕事にならなかった。

その夜、ロンドが部屋にやってくる。

「クリフ様よろしいでしょうか」

「なにか、分かったか！」

「はい、孤児院の補助金を管理していたのは、エンズ・ローランド様です」

「エンズだと」

そうか、あいつが担当だったか。

俺は領主の立場なのにそんなことも知らなかったのかと自分を殴りたい。

「エンズ様は孤児院への補助金を着服しているようです」

「着服だと！」

基本、それぞれの人間に仕事を与え、それを確認するのが俺の仕事だ。

孤児院の補助金も申請があれば、サインをして補助金を出している。

毎月のことだから、何も考えずにサインをしていた。

ユナに怒られても仕方ない。

「まだ、詳しくは調べられておりませんが、エンズ様が関わっている仕事は架空のお金だけが動き、ほとんどのお金を着服しているようです。さらに借金もあるようで」

「着服しているのになんで借金があるんだ」

「女遊びが酷《ひど》いようです。さらに奥方も宝石や好きなものを買い漁り、息子も父親に似て同様に女遊びに浪費しているようです」

「ふざけるな！」

街の金だぞ。

「馬鹿にしやがって！　ロンド！　今すぐに兵を集めて、エンズの家に向かえ！　絶対に逃がすな！　だが、殺すな！　必ず俺の前に家族全員連れてこい！」

「はい、わかりました」

ロンドは部屋を出ていく。


それから1時間後、俺の前に、ブクブク太ったエンズとその家族がいる。

家族3人揃《そろ》ってクズだ。吐き気がしてくる。

「これはクリフ様、兵まで寄越して、こんな夜遅くにどのようなご用件ですか」

「俺は、今すぐに貴様ら一族を殺したい。だから、しっかり、答えろよ」

「…………」

「貴様は孤児院への補助金を着服したか！」

「いいえ、そんなことはしておりません」

「でも、孤児院は貰っていないと言っているぞ！」

「それは孤児院の人間が言っているのでしょう。貰っていないと言えば、もっと多く貰えると思っているのでしょう。汚い人間のくずですね」

貴様の方がくずだろうが！

殴りたい衝動を我慢して質問を続ける。

「貴様に任せてある仕事のほとんどが手つかずで、成果が出ていないようだが」

「後日やりますよ。少し、遅れているだけです」

平然と答える。

「借金もあるそうだな」

「微々たるものです。すぐに返済できますので、クリフ様が気になさることではありません」

本当のことを話すつもりはないらしい。

「なら、貴様の家を調べてもなにも問題はないな」

「それは……」

やっと、表情を変える。

「もうすでに貴様の家は調べさせている」

「そんなことをしてただですむと思っているのか。王都にいる兄に言うぞ」

「ここは俺の街だ。証拠が集まり次第、貴様を処刑してやる。この３人を牢屋に入れておけ！」

兵士に向かって命令をする。

「まて、王都にいる兄に連絡をさせろ！」

「こいつの口を塞《ふさ》げ。吐き気がする」

兵士は３人の口を布で塞ぎ、部屋から連れていく。


しばらくすると、ローランド家を調べていたロンドが戻ってきた。

「なにかわかったか」

「はい、着服の証拠も全て見つかりました」

ロンドの顔色が悪い。

「どうした」

「エンズ様の行いがあまりにも酷《ひど》かったので」

「そんなにか」

「着服、横領、暴行、殺人、違法取引、数え切れません」

「殺人だと⁉」

「はい、地下牢にたくさんの遺体がありました。それがどれも酷く、あれが人間のやることとは」

ロンドから聞いた話は余りにも酷かった。

地方から働きに来た若い女を使用人として雇い、死ぬまで乱暴し、死ねば地下に捨てるということをしていたらしい。

地方から来たばかりの人間なら行方不明になっても誰も気づかない。

地方から街に彼女たちを探しに来た家族、恋人がいれば屋敷に呼び、監禁して殺す。

そんなことを繰り返していたらしい。

奥方は金で宝石を買い漁る。金がなければ借金をする。

エンズは奥方の借金を返すために着服、横領をする。

息子は息子で街で女に乱暴し、訴えを金と権力で潰《つぶ》してきた。

店では金を払わないのは当たり前。逆らえば暴れて店を潰してきた。

どうして、こんなことが起きているのに俺のところまで情報が上がってこなかった？

分かりきった理由だ。エンズが握り潰したのだろう。

分家とはいえ王都には力を持った兄がいるせいだろう。

でも、この街は俺の街だ。

好きなようにはさせない。

「処刑しろ」

もう、我慢ができなかった。

「よろしいのですか。王都にいるエンズ様のお兄様が」

「構わん。家に賊が侵入して、殺されたことにしろ」

ローランド家を処刑。

違法証拠の確保。

財産の没収。

地下牢にいた生き残りの救出。

帰る場所があるものは治療後、帰らせる準備を行う。

全てを終えて、改めてユナのところに向かう。


「すまなかった」

頭を下げて、この孤児院の補助金が打ち切られた原因を話した。

本来ならこんなことを一般人に話すことはない。

でも、この少女には話さないといけない気がした。

「俺の部下が着服していた。それに俺が気づかなかった。すぐに孤児院の補助金は再開させるようにした」

「いらないよ」

「…………」

「もう、みんな一生懸命に働いている。だから、補助金はいらない」

「だが、それでは」

俺の気がすまない。

「そんなお金があるなら、有効的に使ったら？」

「有効的？」

「二度とそんな馬鹿が出ないように監視する部署を作るとか」

「監視？」

「クリフ様が指示した通りにお金が使われているか確認する仕事。孤児院担当なら数か月に一度、孤児院に向かい、確認をする。必要経費とされたことがちゃんと使われているか。購入するものがあったら、それは適正な金額なのか。そんなことを調べる人がいれば簡単に横領や着服なんてできないでしょう。もっとも、その監視する人間が犯罪者になったら意味がないけどね」

「それじゃ、どうするんだ」

「そんなの決まっているじゃない。自分が信用している人間じゃなくて、自分のために命をかけてまで信用してくれる人に頼むのよ。そんな人、１人くらいいないの？」

「……いや、いる」

ロンドがいる。

「そう、よかったね」

ユナはそれだけ言うと口を開こうとしない。

「それじゃ、本当に孤児院はいいんだな」

「いいよ」

「今回は助かった。子供たちが死なずにすんだ。この礼はいずれする」

俺はユナの家を出て、館に戻る。

仕事は山積みだ。

ロンドには執事の合間に俺の右腕として働いてもらおう。

47　クマさん、プリンを作る

でっきるかな♪　でっきるかな♪

卵がたくさん手に入るようになったのでプリンを作ることにした。

成功していれば冷えた美味《おい》しいプリンができているはずだ。

冷蔵庫を開けると、冷気が顔を撫《な》でていく。

中には美味しそうなプリンが並んでいる。

1つ手に取り、テーブルまで持っていく。

片手にスプーンを持ち味見をする。

「美味しい」

プリンは成功した。

パクパクと食べる。スプーンが止まらない。お代わりをするために冷蔵庫に向かう。

久しぶりにプリンを2つほど食べて満足していると家に訪ねてきた者がいる。

「ユナお姉ちゃん来たよ」

フィナとシュリの2人がやってきた。

「椅子に座って待ってて」

「それで、美味しいものってなに？」

２人にはプリンの味見係として来てもらった。

「卵を使ったお菓子だよ」

２人の前に冷えたプリンを出す。

２人はスプーンを持ち、プリンを一口食べる。

「美味しい……」

フィナが感想を呟《つぶや》いている間に隣のシュリはプリンを何度も口に運んでいる。

「シュリ、ゆっくり食べなさい」

「でも、美味しいから」

２人の顔には笑顔が浮かんでいる。

「２人が満足してくれてよかった」

「ユナお姉ちゃん。凄《すご》く美味しいよ。卵からこんなに美味しいものが作れるんだね」

「でも、まだ試作だからね。食べてみて思ったことがあったら教えて。甘すぎるとか甘くないとか」

「どこも変なところなんてないよ。甘くて美味しい」

「うん、美味しい」

シュリは名残惜《なごりお》しそうにスプーンを舐《な》めている。

仕方なく、冷蔵庫からもう２つプリンを出し、２人の前に出す。

「最後だからね」

テーブルに置いてあげると２人のスプーンが動きだす。

わたしは再度、冷蔵庫に向かい、冷蔵庫に入っている残りのプリンを全てクマボックスにしまう。

食べ終わった２人と別れて、次の味見係を求めて孤児院に向かう。


孤児院の近くにある鳥小屋に着くと、子供たちが一生懸命に鳥の世話をしている。

子供たちに声をかけて孤児院に向かう。

「これはユナさん、いらっしゃい」

院長先生が数人の女の子と一緒に昼食の準備をしている。

「タイミングが悪かったかな」

「いいえ、大丈夫ですよ。たいしたものはありませんが、お昼を食べていかれませんか？」

せっかくの誘いだから、御相伴《おしょうばん》に与《あずか》ることにする。

広めの部屋で子供たちが椅子に座って、全員分の食事が並ぶのを礼儀正しく待っている。

全員分揃《そろ》うと、

「クマお姉ちゃんに感謝を。いただきます」

言い終わると、子供たちは食事を始める。

「まだ、それやっているの」

「はい、このように食事ができるのもユナさんのおかげです。その感謝の気持ちを忘れてはいけません」

この食事の挨拶《あいさつ》は、

『ユナお姉ちゃんに感謝を、いただきます』

だったんだけど、流石《さすが》に名前を言われると恥ずかしいからやめるようにお願いした。

でも、子供たちはやめようとしなかった。

「ユナお姉ちゃんに感謝をしているから」

「お腹《なか》いっぱい食べられるのはユナお姉ちゃんのおかげだから」

「美味しいものが食べられるのはユナお姉ちゃんのおかげだから」

「綺麗《きれい》な服が着られるのはユナお姉ちゃんのおかげだから」

「暖かい家に住めるのはユナお姉ちゃんのおかげだから」

「暖かいベッドで寝られるのはユナお姉ちゃんのおかげだから」

「……はユナお姉ちゃんのおかげだから」

と感謝の言葉を口にする。

でも、食事をするたびにわたしの名前を出されるのは恥ずかしかったので、妥協点でクマお姉ちゃんになった。

それでも十分に恥ずかしいんだけど。

孤児院の昼食はパンと野菜が入ったスープだけだけど、子供たちは嬉しそうに食べている。

その姿を見るとこちらまで嬉しくなるから不思議だ。

自分がこんなに面倒見がいいとは思わなかった。日本にいた頃なら、しなかっただろう。

実際にお金はあったけど寄付などはしたこともない。

食べている子供たちを見ていると食べ終わる子たちが出てくる。

その様子を見て、クマボックスからプリンを取り出す。

「これなに？」

女の子が聞いてくる。

「みんなが面倒をみている鳥の卵から作ったお菓子だよ。美味しいよ」

子供たちの前にプリンを置いていく。

もちろん、院長先生とリズさんの分もある。

「なに、これ。美味しい」

「凄く、旨い」

「一人1個しかないから、味わって食べてね」

子供たちには好評のようだ。

「ユナさん、これ美味しいです」

リズさんがプリンを褒めてくれる。

「これも、リズさんと子供たちが一生懸命に鳥の世話をしてくれたおかげですよ。このプリンには卵を使ってますから」

「そうなんですか？」

「売るだけじゃ、勿体《もったい》ないですからね」

「卵って凄いですね。お金にもなるし、こんな美味しいお菓子にもなるんですね」

「もう少し、鳥の数が増えて卵が増えるといいですけどね」

そうすれば、数を気にせずにいろいろなものが作れるようになる。

「はい、頑張ります」

「もし、増えすぎて世話が大変だったら言ってね。いろいろ考えるから」

「はい。でも、まだ大丈夫です。子供たちも一生懸命に働いてくれますから」

リズさんと話しているうちに子供たちのプリンの器は空っぽになっている。

最後に子供たちにプリンの感想を聞いて孤児院をあとにする。

48　クマさん、プリンを届ける

孤児院を出たあと、フォシュローゼ家の館の前に来た。

クリフはどうでもいいけど、娘のノアにプリンをご馳走《ちそう》するためだ。

門の前に立っている警備の兵にノアに会いたい旨を伝える。

わたしのことを知っている門兵は待つように言う。

しばらくすると、玄関からノア本人が駆け足でやってくる。

「ユナさん」

ボフッ。

ノアが胸にダイブしてくる。

でも、クマの服が衝撃を吸収してくれるので痛くない。

「久しぶり、ノアール」

「ノアでいいですよ。それで、わたしに何か御用ですか？　用がなくてもわたしは大歓迎ですよ」

「お菓子を作ったから、ノアに試食してもらおうと思ってね」

「お菓子ですか。楽しみです」

手を引っ張られて、ノアの部屋に連れていかれる。

「それで、どんな食べ物なんですか？」

「コケッコウの卵を使ったお菓子だよ」

クマボックスからプリンを出す。

もちろんスプーンも忘れない。

ノアはスプーンを持ち、プリンを一口食べる。

「美味《おい》しいです」

「口に合ってよかった」

「こんな美味しいもの、初めて食べました」

「大げさね」

「そんなことありません。こんなとろけるような、冷たく、甘く、優しい味は初めてです」

「まあ、女、子供が好きな味だからね」

ノアはお世辞とかではなく、本当に美味しそうに食べてくれる。

「もう、食べ終わってしまいました」

カップの中はすでに空っぽだった。

ジッと物欲しそうにわたしを見てくる。

「あと1個だけね」

「ありがとうございます」

新しいプリンを渡したとき、ドアがノックされる。

「ノア入るぞ。ユナが来ていると聞いたんだが」

ノアの父親、この街の領主のクリフが部屋に入ってくる。

「お邪魔してますよ」

「構わない。それで2人は何をしているんだ？」

「ユナさんが作った。ぷ、り、んっていうお菓子をいただいてます」

「ぷりん？」

ノアは新しく貰《もら》ったプリンを一口食べる。

その顔は子供らしい笑顔になっている。

それだけでもここに来たかいがあった。

「そんなに美味しいのか」

娘の満面の笑顔を見て尋ねる。

「はい、凄《すご》く美味しいです」

「ノア、すまないが私にも一口くれないか」

「嫌です」

ノアはハッキリと断る。

「ノア」

「だめです。これはわたしがユナさんから貰ったものです」

「ユナ」

クリフが物欲しそうにわたしの方を見る。

大人がそんな顔をするな。

「はあ、分かりましたよ。食べたら、感想をお願いしますね。まだ試作だから、味の調整はしていないから」

「これで、試作なんですか。どのお菓子よりも美味しいですよ」

「試作っていっても、あとは甘さの調整ぐらいだから」

クリフにプリンを渡してあげる。

受け取ったクリフはプリンを一口食べる。

「なんだ。これ」

クリフの顔が変わる。

「王都でも、こんな美味しいお菓子食べたことないぞ」

この世界のお菓子はレベルが低いのかな？

まあ、卵が手に入りにくいなら仕方ないけど。

クリフとノアのスプーンを動かす手が止まらない。

「ユナさん。ご馳走様でした。とても美味しかったです」

「そう、よかったわ。それで何か改良してほしいところある？」

「いえ、このお菓子に欠点があるとは思えないですが」

「もう少し、甘い方がいいとか、甘くない方がいいとかでもいいよ」

「俺はもう少し、甘くないほうがいいな。初めの一口は美味しいけど。だんだん、甘さがしつこくなってくる」

「そうですか。わたしはとっても美味しかったですけど」

「まあ、大人と子供、男と女では味覚は違うからね。参考にさせてもらうね」

「店でも開くのか？」

「今のところ、そんなつもりはないけど。孤児院の子供たちに鳥の世話だけじゃなく、料理をしたい、お菓子を作りたいって子がいたら、その子の将来の道の手助けになればと思ってね」

「そこまで考えているのか？」

「もし店があれば、わたしが食べたいとき、わざわざ作らなくてすむと思っただけだよ」

「子供を導くか。俺よりもユナの方が立派な大人だな」

２人から空になったカップを返してもらい、クマボックスにしまう。

「それで何か用なの？」

わざわざ、娘の部屋までわたしに会いに来たのだから。顔を見に来ただけじゃないだろう。

「ああ、頼みがあってな。ノアを王都まで護衛してくれないか」

「王都?」

「ああ、国王の誕生40年の式典に参加しないといけないんだが、誰かのおかげで仕事が山積みになっていてな。そのおかげで、王都に行くのはギリギリになりそうなんだ。そうなると王都までの道のりが強行軍になる可能性がある。娘にそんなことをさせたくない」

「誰かさんのおかげって……、それはわたしのせいじゃないでしょう」

「感謝しているが、事実だ」

濡れ衣《ぎぬ》もいいところだ。

孤児院の件は領主であるクリフの落ち度だ。決して、わたしのせいではない。わたしのおかげで悪事が発覚したのだから、感謝されるべきだろう。

でも、王都か。一度は行ってみたかったから、引き受けてもいいんだけど。

「他に護衛はいるの? 移動方法は?」

他に護衛がいたら、面倒だから断りたいし。馬車の移動はさらに面倒だ。

「ブラックバイパーを倒せるおまえさんだ。1人で十分だろう。移動はおまえさんの召喚獣がいるだろう」

「クマさんに乗れるんですか!」

黙って聞いていたノアが嬉しそうに声を出す。

「召喚獣は馬よりも速いって聞いている。それなら、危険なことがあれば逃げることもできるだろう」

護衛はわたしだけ、移動も召喚獣を使っていい。王都も行ってみたいから断る理由はない。

「それで、いつ出発するの？」

「早ければ明日でも構わない。ノアも早く母親に会いたいだろうからな」

そういえば、この家で母親を見たことがない。

話にも出てこないから亡くなったものだと思っていたが違ったらしい。

「お母さん、王都にいるの？」

嬉しそうにしているノアに聞いてみる。

「うん、王都で仕事をしているよ」

「それじゃ、明日出発しようか？」

「いいの？」

「ノアもお母さんに早く会いたいでしょう？」

ノアの護衛を引き受け、王都に行くことになった。

「それじゃ、ユナ。少し待っててくれ、王都に持っていってほしいものがある」

クリフは一度部屋をでると、すぐに戻ってくる。

「これをエレローラ、ノアの母親に渡してくれ」

2通の手紙と大きな箱を預かる。

「これは?」

大きな箱を指す。

「おまえさんから譲ってもらったゴブリンキングの剣が入っている。もしものことを考えて、エレローラに渡してほしい。詳しいことはこの手紙に書いておいたから、渡せば分かる。そして、こっちの手紙は冒険者ギルドに渡してくれ、指名依頼扱いにしたからギルドで依頼として受けてくれ」

クマボックスに手紙とゴブリンキングの剣が入った箱をしまう。

「ユナさん、明日はよろしくお願いします」

「うん、よろしくね」

わたしは明日の準備をするため、領主の館を出る。

49　クマさん、王都に行くことを伝える

まず、街を離れることをミレーヌさんに伝えるために商業ギルドに向かう。

昼過ぎのためか、商業ギルドは人が少ない。

受付に行くとミレーヌさんが暇そうにしている。

「ユナさん。どうかしましたか？」

「しばらく王都に行くことになったからその報告に。だから、卵のことはティルミナさんにお願いね」

といっても、卵のことはもうほとんどティルミナさんに任せている。

たまに値段のことで相談に乗るぐらいだ。

「王都に行くんですか？」

「ちょっと護衛の仕事でね」

「そうなんですか。それじゃ、王都に行ったらお土産を楽しみにしてますすね」

「いいけど、欲しいものあるの？」

「ユナさんにお任せします」

お土産、食事、なんでもいいよが一番困る返答だ。無理難題を頼まれるよりはいいけど。

「お土産じゃないけど。ミレーヌさんにこれをあげる」

クマボックスからプリンを取り出す。

「これはなんですか？」

「プリンっていう食べ物。コケッコウの卵から作ったんだけど。冷蔵庫に入れて、休憩時間にでも食べて。王都から帰ってきたら感想を聞かせてね」

「ありがとうございます。後で食べさせてもらいます。それじゃ、これをお返しにお渡ししますね」

ミレーヌさんは紙に何かを書き、封書に入れ渡してくれる。

「これは？」

「わたしの紹介状です。王都の商業ギルドに渡してもらえれば、融通を利かせてもらえると思いますよ。だから、商業ギルドで困ったことがあったら渡してみてください」

商業ギルドに行く予定はあるので、ありがたく紹介状を受け取っておく。

「プリンは忘れずに冷やして食べてね」

プリンの食べ方を注意して商業ギルドを出る。

あと、行く場所はフィナの家、冒険者ギルド、孤児院の３つ。

道順だとまず冒険者ギルドになる。

冒険者ギルドに到着すると、中はそれほど混み合っていない。

中に入り、受付のヘレンさんのところに行く。

「あっ、ユナさん」

「これをお願いしたいのだけど」

クリフから預かった手紙をヘレンさんに渡す。

ヘレンさんは受け取った手紙に目を通す。

「これは、クリフ・フォシュローゼ様の指名依頼ですね。王都までの護衛ですか。受付処理をしますので、ギルドカードをよろしいですか」

ギルドカードを渡す。

「それじゃ、しばらくユナさんは街からいなくなるんですね」

「どのくらいか分からないけどね」

「ユナ。おまえさん、どこか行くのか」

どこから現れたのかギルマスが声をかけてきた。

「ユナさんはクリフ様の依頼で王都まで行くそうです」

「あいつの依頼か。ああ、国王の誕生祭か」

1人で納得するギルマス。そして、わたしのことをじっくりと見る。

「ユナ、ちょっと待ってろ」

ギルマスは奥の部屋に行ってしまう。なんだろうと思って待っていると、戻ってくる。

「これを持っていけ」

また、手紙を渡される。

「なにこれ？」

「おまえさんが王都の冒険者ギルドで暴れないようにするためだ」

「どういう意味よ」

「おまえ、ここに初めて来たときのことを忘れているのか。どうせ、その格好で王都に行くんだろう」

この街では徐々にクマの格好が受け入れられている。

もう、ギルドに来ても絡んでくる者もいない。街を歩いても奇妙な目で見られることも減った。逆に子供たちが寄ってくることが多くなった。ゆるキャラのマスコットになりつつある。

「この手紙を渡せば冒険者ギルドが多少は面倒を見てくれるはずだ」

それはありがたい。

いちいち、殴り倒すのも面倒だからね。

手紙のお礼を言って冒険者ギルドを出る。

次に向かう先はフィナの家。ゲンツさんはいなかったが、女性3人はいた。

「あら、ユナちゃんいらっしゃい。どうしたのこんな時間に」

「ユナお姉ちゃん、来たの!?」

2階からフィナが下りてくる。

その後ろからシュリもついてくる。

「明日から、しばらく王都に行くことになったから、それを伝えに来たのよ」

「ユナお姉ちゃん、王都に行くの?」

「護衛の仕事でね。それで、ティルミナさん。大丈夫と思うけど孤児院のことはお願いしますね」

「了解。まあ、トラブルになることはないから、ユナちゃんは王都をゆっくり観光でもしてきなさい。初めてなんでしょう」

「いいな、王都」

わたしの話を聞いていたフィナが小さく呟《つぶや》く。

「フィナは行ったことないの?」

「ないです」

父親はいないし、ティルミナさんは病気だったから王都には行けないよね。

「なら、一緒に来る?」

「え、いいの?」

「まあ、護衛対象と2人旅だし、1人ぐらい増えても問題はないよ」

「ユナちゃんいいの？　仕事なんでしょう」

「なら、明日、護衛対象者に聞いてみるよ。それで許可が出たら一緒に行く。だめなら留守番」

「お姉ちゃんいいな」

今度はシュリが姉のことを羨《うらや》ましそうに見る。

「シュリはだめよ。お母さんと留守番」

「うううぅ」

「お母さんと2人は嫌？」

シュリは首を左右に振る。

「いやじゃない」

ティルミナさんはシュリを抱きしめる。

「それじゃ明日の朝、迎えに来るから。準備はいらないけど、持っていくものがあったら用意しておいて、わたしのアイテム袋に入れるから」

最後に孤児院に行き、院長先生や子供たちにしばらく来れないことを伝え、ウルフの肉を置いていく。

50　フィナ、クマさんに感謝する

この前お父さんが暗い顔をして帰ってきました。

どうしたのでしょうか。

聞いた話によると、ブラックバイパーが出て、近くの村が襲われたそうです。

それでギルドは大騒ぎのようです。

解体や買い取りの仕事をしているお父さんは帰ってこられたそうですが、他の職員は交代もできずにまだ残っているそうです。

ブラックバイパーは大きい蛇だそうです。

わたしは見たことはありません。

その魔物を倒すには最低でもCランクの冒険者のパーティーが必要らしいです。

それをユナお姉ちゃんと、ギルドマスターの2人だけで倒しに行ったそうです。

お父さんは心配そうにしています。

倒せるわけがない。と呟《つぶや》いてました。

数日後、今日になってユナお姉ちゃんとギルドマスターが元気に帰ってきたそうです。

それも、ブラックバイパーを討伐したそうです。

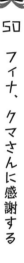

お父さんは帰ってくると、嬉しそうに話してくれました。

それで明日、ブラックバイパーの解体があるから、わたしもお手伝いに呼ばれました。


ギルドにお父さんと朝早く行きます。

でも、まだユナお姉ちゃんは来てないそうです。

なんでも、討伐の疲れを取るために来る時間は未定とのことです。

それまでは久しぶりにギルドのお手伝いをしようと思いました。

ですが、ユナお姉ちゃんは元気よくギルドにやってきました。

本当に凶暴といわれたブラックバイパーと戦ったのでしょうか？

ユナお姉ちゃんを見ていると、ブラックバイパーの強さがいまいち分からなくなります。

ブラックバイパーの解体をするため冷蔵倉庫で待機していると、全員外に呼ばれます。

ブラックバイパーは大きいためギルドの冷蔵倉庫では解体作業はできないそうです。

そんなに大きいのですか。

解体する場所は街の外になりました。

ユナお姉ちゃんのクマさんの口から出てきたブラックバイパーはとても大きかったです。

これをひとりで倒したのですか。信じられません。

お父さんやギルドの皆さんの指示で解体作業を始めます。

わたしはお父さんとペアを組みます。

まず、お父さんが皮を剝《は》ぎ取ります。

その剝ぎ取った場所からわたしが肉をブロック状に切り分けて、アイテム袋に入れていきます。

これ、今日一日で終わるのでしょうか。

とにかく、頑張ります。

数時間後、やっと終わりました。

今日中に終わりました。

よかったです。

運ぶのは他の人に任せて、わたしはギルドマスターに頼まれたことをします。

一旦家に帰ったユナお姉ちゃんをギルドに連れてくることです。

これで本日の仕事が終了です。

今日は帰って早く寝ることにします。

疲れましたがお父さんの手伝いができてよかったです。

最近は楽しいことばかりです。

お母さんの病気も治り、お父さんは食事のとき、笑わせようとする。

そして、お母さんは「つまらないわよ」と言いながらも笑っている。

笑いが溢《あふ》れる食卓は何年ぶりでしょう。

妹のシュリは初めてかもしれない。

そんなある日、お母さんがとんでもないことを言い出しました。

「わたし、冒険者になって働こうかしら」

わたしたちは止めました。

特にお父さんが許しませんでした。

「おまえは、子供たちを残して死ぬつもりか！　そんなに俺の稼ぎが信用できないのか！」

お母さんがブラックバイパーと戦うところを想像しただけで怖くなります。

でも、ユナお姉ちゃんが戦うところを想像すると平気な顔で倒す姿が想像できます。どうしてでしょうか。

戦うところを見たのは初めて会ったときだけなのに。

シュリもお母さんに抱きついて、首を横に一生懸命に振ってます。

結局、妥協案として商業ギルドで仕事を斡旋《あっせん》してもらうことになりました。

……なのに、なぜ、ユナお姉ちゃんのところで働くことになったのでしょうか。

仕事は鳥の卵の商売だそうです。

ユナお姉ちゃんはなにをやっているのでしょうか？

冒険者を辞めて商人になるつもりでしょうか？

そんなある日、ユナお姉ちゃんに「明日、シュリと家に来てね」と言われました。

なんでも、食べ物の試食だそうです。

少し不安ですが、楽しみです。

翌朝、朝食をとったわたしはシュリと一緒にクマハウスに行くと、ユナお姉ちゃんは「ぷりん」というお菓子を出してくれました。

黄色い色をしてます。卵を使ったお菓子だそうです。

そんな高級食材の食べ物を食べてもいいのでしょうか？

ですが、ユナお姉ちゃんが作ってくれたものです。

ありがたくいただきます。

スプーンですくって、一口食べます。なんですか、この美味《おい》しい食べ物は。

柔らかく、甘く、こんな食べ物、食べたことも聞いたこともありません。

あっという間に食べ終わってしまいました。

シュリのカップも空っぽになっています。

姉妹揃《そろ》って残念そうにしているとユナお姉ちゃんが笑みを浮かべながらもう一つずつ出してくれました。

今度はゆっくり食べます。

うん、美味しいです。
ユナお姉ちゃんは冒険者で強くて凄《すご》いのに、こんな食べ物まで作れるなんて凄いです。
幸せすぎて怖いです。

その日の午後、家でシュリに文字を教えていると、ユナお姉ちゃんがやってきました。
なにか用事があるのでしょうか。
話を聞くと、なんでも護衛で王都に行くそうです。
それで、孤児院のことをお母さんに頼みに来たそうです。
「いいな、王都」
そんなことを言ったら、連れていってもらえることになりました。
いいのでしょうか？
でも、それは明日、依頼者の確認をとってからになりました。
行けるか分かりませんが、明日は楽しみです。

くまクマ熊ベアー2

番外編

新人冒険者　1

今日も暇つぶしのため、冒険者ギルドに向かう。

相変わらずのクマさんの着ぐるみの格好で冒険者ギルドに到着するが、バカにする声は聞こえてこない。

部屋に入ると依頼書が貼ってあるボードに向かう。

なにか、面白い依頼ないかな〜。

なんならブラックバイパーをもう一回でもいいけど。

倒し方は分かったし、今度はもっと楽に倒せるはず。

そんなことを考えながら、ランクDやランクCの依頼ボードを見るが、流石《さすが》にそんな依頼はない。

そもそも、ブラックバイパーはランクいくつの依頼になるのかな？

ランクB以上なら、見ているボードにないのは当たり前だけど。

ランクBならあるかもしれないと思って、チラッと依頼ボードを見るがなにも貼ってない。

目新しい魔物の依頼も、面白そうな依頼もない。

う〜ん、今日はどうしようかなと思って、前を見ずに歩いていると。

「きゃっ」

なにかにぶつかってしまう。

前を見るとわたしと同じぐらいの年の女の子が尻餅《しりもち》をついていた。

同い年ぐらいだよ。わたしより、身長は高いけど。なのに相手が尻餅をつくってどういうこと？

まあ、クマさん装備のおかげってことは分かるけど。

「ごめん。大丈夫？」

クマさんパペットを倒れている女の子に差し出す。

女の子はわたしを見たあと、周りをキョロキョロと見渡す。

「クマさん？」

そして、少し悩んで、少女は恐る恐るわたしのパペットを握る。

女の子を立ち上がると礼を言う。

「あ、ありがとうございます」

「怪我とかしていない？」

「はい、大丈夫です」

その言葉を聞いて、わたしが立ち去ろうとした瞬間、女の子に駆け寄ってくる少年がいる。

「ホルン！　大丈夫か！」

「うん、大丈夫だよ。ちょっと、クマさんにぶつかっただけだから」

少年が改めてわたしを見る。

「クマ⁉」

気づくのおそ！

「ごめんね。ちょっと考え事していたから」

「いいえ、大丈夫です。わたしもみんなを探して余所見《よそみ》をしてましたから」

ホルンと呼ばれた少女は頭を下げる。

「なら、お互い様ってことで」

「はい」

ホルンは笑顔で返事をする。

少年はわたしの方を見ている。

「なに？」

言いたいことは分かるが、ジッと見ているので聞いてみる。

少年はこのとき、自分の生死が次の一言にかかっているとは思いもしなかっただろう。

とナレーションを入れてみる。

冗談はさておき少年が口を開く。

「あんたが、噂《うわさ》のクマか？」

まあ、この街でクマといえばわたしのことだろう。

「そうだと思うけど」

他にいたら見てみたい。と思ったけど、クマみたいなオジサンとかが脳裏に浮かぶ。

少年はわたしのことを見ると口を開く。

「くそ、俺たちのことを、からかいやがったのか！」

少年は舌打ちをして怒りだす。

「ああ、ごめんなさい。実はこの街にはクマの格好した、怖い冒険者がいるから、近寄っちゃだめって、脅《おど》かされていて」

「しかも、そのクマは1人でタイガーウルフやゴブリンキング、ブラックバイパーを倒したって言って、驚かせやがったんだよ」

うん、事実だね。

タイガーウルフもゴブリンキングもブラックバイパーも倒したね。

「それが、噂のクマって、あんたかよ」

少年はわたしの頭をポンポンと叩《たた》く。

怒っていいのかな？

周りを見ると、冒険者たちが、目を大きく開き、口をパクパクして、こっちを見ている。

えっ、なにかすると思っている？

するけど。

そう思った瞬間、駆け寄ってくる者がいる。

「ホルン、シン、なにやっているんだ」

「ほんとだよ。２人とも探したよ」

少年２人がやってきた。

一言で表すなら、活発そうな少年と理屈っぽそうな少年だ。

「ホルンが、このクマにぶつかってな」

指を差すな。人に指を差しちゃだめだよ。教わらなかったの？

「クマ？　もしかして、噂の？」

「ああ、あれか、こないだ受付で聞いた……」

「先輩たちに聞いた……」

「でも、怖いクマって聞いたけど」

「笑っちゃうよな。クマの格好をした女っていうから、てっきり、大女だと思ったぜ」

また、ポンポンとわたしの頭を叩く少年。

そろそろ、怒ってもいいよね。

わたしの怒りを感じ取ったのか、周りの冒険者たちは消えていく。

ギルド職員は逃げ出すこともできずに困った顔をしている。

わたしが少年の手を摑《つか》もうとした瞬間。

「ユナさん！　待ってください！」

ヘレンさんが声をかけてくる。

「冒険者ギルドは冒険者同士の争いには中立で口を挟まないんじゃなかったの？」

「ユナさんが、トラブルに巻き込まれないようにするのは冒険者ギルドの仕事になってます」

確か、そんな約束したたっけ。

それなら、もう少し早く助けてほしかったんだけど。

「あのう、どうしたんですか？」

女の子は受付のヘレンさんがなにを言っているか理解していないようだ。

本当なら、恐怖のバンジージャンプを体験させてあげたのに。

「あなたたち、先日の話を聞いてなかったのですか？」

ヘレンさんは少年たちに注意をする。

「話って、クマのことか？」

「そうです。クマの格好をした冒険者の女の子がいるけど、馬鹿にしたり、興味本位で近寄ってはいけないと」

「そのクマって、これのことなんですか？」

わたしの頭をポンポンと叩く。

「やめなさい。あなたたち、死にたくなかったら、すぐに謝って、仕事に行きなさい」

ヘレンさんが少年の手を摑み、ドアの外を指差す。

「行くよ。みんな行こうぜ」

「うん。クマさん、ごめんね」

少年少女たちはギルドから出ていく。

「ユナさん、ごめんなさい。一応、説明はしておいたんだけど。分かっていないみたいで」

う〜ん、どんな説明をしたのか疑問だけど。着ぐるみを着たわたしを見れば騙《だま》されたと思うのかな？

「ちなみに説明って？」

「クマの格好をした冒険者がいるけど、決して興味本位で近寄らないように言ってあります」

「それだけ？」

「いえ、ユナさんの強さを知ってもらうために、どんな魔物を討伐したのか説明もしてあります。ゴブリンの１００匹討伐、ゴブリンキングの討伐、タイガーウルフの討伐、ブラックバイパーの討伐をした冒険者。だから、馬鹿にしたり、からかうような真似はしないようにと。手を出した、ランクＤ、Ｅの成《な》れの果《は》てまで説明はしてありますよ」

成れの果てって。

それって、クマ注意ってことで危険勧告ってこと？

「それでも、信じないようでしたら、先輩冒険者たちにお願いすることもあります」

ギルド内にいる冒険者を見ると、一斉に目を逸《そ》らす。

どんなことを少年たちに話したのかな。

でも、そんなことがギルド内で行われていたなんて知らなかった。

「これは、ちゃんとしたギルドマスターの指示ですよ。ユナさんが余計なトラブルに遭わないようにするための処置です」

人を見境なしに襲いかかるクマみたいに言わないでほしい。

売られた喧嘩《けんか》は買うけど。

「あの子たちにもちゃんと説明をしたんですけどね」

ため息をつくヘレンさん。

まあ、散々危険だから近寄らないように言われて、目の前に現れたのが着ぐるみを着たわたしみたいな女の子じゃね。

騙されたと思われても仕方ないかな。

だからといって、人の頭をポンポン叩くのは許される行為ではない。

「でも、あの子たち大丈夫かしら」

「心配ごと？」

「少しね。あの子たち、新人なんですけど。依頼を受けたのがウルフの討伐なんです。だから、ちょっと心配でね」

「ランクは？」

「先日入ったばかりだから、ランクはまだFです。一応、ウルフは倒せるみたいですけど」

「なら、大丈夫じゃない？」

「そうなんですけど、今回は少し離れた場所に向かったので、少し心配なんです」

「でも、ウルフなんでしょう」

「はい、村の近くにウルフが多数現れたみたいで、村から依頼がありました。それで、追加報酬が少しだけですが出ますので、選んでいきました」

心配するのは分かるけど、過去にウルフを倒しているなら、大丈夫なんじゃない。

ゲームでもそうだったけど。いかに複数の相手をしないで戦うかが、効率的に倒すコツだ。

「それで、ユナさんは依頼を見にいらしたのですか？」

「面白い依頼がなかったから帰るよ」

「面白い依頼って……、普通、そんな理由で受けたりしませんよ」

ヘレンさんに呆《あき》れ顔で見られる。


翌日。今日も暇である。

1日や2日では依頼内容も大きな変化はない。

今日は天気もいいし、くまゆるとくまきゅうと散歩でもしようかな。

「ってわけで、フィナ！　散歩に行こう」

「ユナお姉ちゃん、いきなりなんなの？」

解体の仕事に来たフィナにかけた第一声だ。

「暇だから、くまゆるたちと散歩に行こうと思うんだけど。フィナに付き合ってほしいなと思って」

「でも、仕事が」

「今日はお休み！」

「そんな〜」

「ウルフのお肉は持っていっていいから」

フィナとの取引はそれで完了する。

「それで、ユナお姉ちゃん。どこに行くの？」

「前に行ったことがある村まで行こうと思うんだけど。その前にお土産を持っていこう」

街の外に出る前にフィナを連れて買い出しに向かう。

行く場所は、猪《いのしし》に襲われていた村だ。

そろそろ、マリさんの赤ちゃんが生まれているはずだ。

出産祝いに何か買っていこう。

「おじちゃん、その果物全部ちょうだい」

箱に入ったオレンを全て買う。

「クマの嬢ちゃんか。全部買うのかい？」

「全部がまずいなら、買ってもいい数をちょうだい」

「別にいいが、こんなにどうするんだい」

「ちょっとお土産にね」

交渉が成立したので、箱に入ったオレンをクマボックスにしまう。

それから、店を数軒回り、村で手に入らなそうなものを購入して街の外に出る。

新人冒険者　２

くまゆるに乗ったわたしと、くまきゅうに乗ったフィナはクリモニアを出発して、高原を走っている。

いい天気だし、散歩日和《びより》だね。

もし、見ている人がいたら散歩の意味を辞書で調べろって言われそうだけど。

しばらく走ると見覚えのある森までやってくる。

地図のスキルを使えば迷うこともない。

森の近くから、くまゆるたちを走らせること数分、村が見えてくる。

わたしが作った壁も健在だね。

わたしが村に近付くと、以前と同様村の入り口を見張っているボーグさんがいる。

「ユナ様!?」

うん、今、なんか言わなかった？

きっと、聞き間違いだよね。

「久しぶり！　マリさんの赤ちゃんは生まれた？」

「はい、元気な男の子が生まれました」

無事に生まれたようでよかった。

「それで、お聞きしたいのですが？」

なんか、さっきから言葉使いが変なんだけど。

「そちらの白いクマとお嬢さんはなんでしょうか？」

そう言えばくまきゅうのことは知らなかったよね。

「この子もわたしのクマだから安心していいよ。乗っている女の子はフィナ。暇だから一緒に散歩に付き合ってもらったの」

「フィナです」

フィナは小さく頭を下げて、名前を名乗る。

「ブランダさんとマリさんに会いたいから、村に入っていいかな？」

「はい、もちろんです。でも、その前に村長のところに寄っていただいていいですか？」

「いいけど」

「ありがとうございます」

村の人に召喚獣のことを説明するのも面倒なので、くまゆるたちは送還しないでおく。

流石《さすが》にくまゆるたちは目立つので、村に入ると子供たちはもちろん、村人たちも集まってくる。

なんか、大事《おおごと》になっているんだけど。

「ユナお姉ちゃん」

フィナが、集まってくる子供たちにどう対応していいか困っている。

それを見たボーグさんが近寄らないように注意をする。

子供たちは悲しそうに離れていく。

う～ん、あとで遊んであげないとだめかな。

村長の家の前にやってくると、騒ぎに気づいたのか村長が出てくる。

「何事じゃ」

村長がわたしに気づく。

「ユナ様！」

あれ、聞き間違いだよね。

「どうして、こちらに？」

「暇だったから、散歩。あとマリさんの赤ちゃんが生まれたかなと思って」

「はい、元気な男の子が生まれました」

「うん、ボーグさんに聞いたよ。よかったね。あと、お土産を持ってきたから、あとで村のみんなで分けてね」

「お土産ですか？　嬉しいですが、我々は、ユナ様になにもお礼をしてません」

やっぱり、聞き間違いじゃないよね。

「え～と、そのユナ様ってなに？」

「村を救ってくれた恩人ですから。それにあの壁のおかげで、他の動物からも農作物が守れて感謝しきれません」

「理由は分かったけど。様付けはやめてね。わたしはそんなに大した者じゃないよ」

「しかし」

「やめないと、壁壊すよ」

わりと本気で言う。

「う～……分かりました。それではユナさんでよろしいでしょうか」

「うん、それなら」

どうにか様付けは回避することはできた。

「ユナちゃん！」

わたしを呼ぶ声がした。村長から視線を外して声の主を探すと、マリさんが赤ん坊を抱えてこちらにやってきた。

「マリさん、おめでとうございます」

「ありがとうね」

「無事に生まれてよかった」

「これも、ユナちゃんのおかげね。ユナちゃんがヌシを倒してくれたおかげで、安心して産むことができたわ」

「名前はなんて言うの？」

「女の子だったら、ユナってつけようかと思ったんだけど」

やめてください。自分の名前が赤ちゃんにつけられるのは勘弁してほしい。

神様、男の子でありがとうございます。

「名前はユーク。ユナちゃんの名前から1文字もらったの」

まあ、「ユ」から始まる名前の人はたくさんいるだろうし、それぐらいだったらいいかな。

わたしはユークを覗《のぞ》き込むが泣いたりしない。人見知りはしないのかな？

逆に笑っているけど、わたしの格好を見て笑っているんじゃないよね？

「それでブランダさんは？」

「狩りに出ているわ」

いつも通りの行動だ。

「しばらくしたら、戻ってくると思うから会ってあげてね。ブランダも喜ぶから」

まあ、初めからそのつもりだったから、頷《うなず》いておく。

「そうだマリさん。栄養になるもの適当に持ってきたから食べてください」

「嬉しいけど、いいの？　わたしユナちゃんになにもしていないわよ。そればかりかお世話になりっぱなしで」

「気にしないでいいよ。赤ちゃんを育てるのは体力が必要だし。美味《おい》しいもの食べて体力をつけて、頑張って子育てしてください」

夜泣きとか、いろいろ大変そうだし。

栄養はしっかりとらないとね。


時間的にお昼の時間になるので、村長の家で昼食をご馳走になることになった。

わたしの横ではフィナがユークを抱いて、あやしている。

「フィナちゃん。上手なのね」

「はい。妹がいて、面倒をみていましたから」

面倒を見ていたって、３つしか離れていないよね。

ティルミナさんの旦那さんはシュリがお腹の中にいるときに亡くなってしまったと聞いた。それでティルミナさんが働くことになれば、フィナがシュリの面倒をみないといけなかったんだろう。それからお母さんが病気になり、ゲンツさんの助けがあったとしても、小さな女の子では大変だったはず。

わたしは手を伸ばしてフィナの頭を撫《な》でた。

「ユ、ユナお姉ちゃん？」

いきなり頭を撫でられて、困惑するフィナ。

「フィナは偉いなって思ってね」

意味が分からないのか首を小さく傾《かし》げるフィナ。

食事を終えたわたしは、村長とマリさんにクリモニアの街で買ってきたお土産を渡す。

「こんなに？」

「マリさんに栄養をつけてもらおうと思ってね。他に妊婦さんがいたら食べさせてあげてもいいし、村で分けて」

「ありがとう」

ここで、受け取ってもらえないよりも、喜んで受け取ってくれるのが一番嬉しい。

「それで、フィナちゃんは本当に散歩のためだけに、村に来たの？」

マリさんがフィナに尋ねる。

「はい。ユナお姉ちゃんの家に行ったら。いきなり、散歩に行こうって言われて、ここまで連れてこられました」

フィナは苦笑いをしながら答える。

「ふふ、ユナちゃんらしいのかな？　自然体っていうか。ユナちゃんは自由って感じがするね」

「はい」

なに、頷いているの。

そんなに自由にしているかな？

日本にいた頃も学校に行かない。親の言うことを聞かない。ゲーム三昧《ざんまい》。

そして異世界でも自由に行動しまくっているしね。

反論する言葉は出ない。

「それで、ブランダさんはどのくらいで帰ってくるの？」

「獲物が捕れれば、すぐだと思うけど……」

「なんか、あるの？」

なにか含みがある言い方だったので尋ねてみる。

マリさんが村長の方を見る。

村長は頷いて、話し始める。

「ユナさんはヌシを倒してくれましたよね」

「うん、倒したけど」

「そのせいか分からないのですが、ウルフが増え始めたんです」

村長は言いづらそうに言う。

「もちろん、ユナさんにはヌシを倒してもらって感謝をしてます」

「たぶん、ヌシがいたおかげで、ウルフはこのあたりに近寄ってこなかったのね」

「ヌシとウルフを比べれば、ウルフは可愛《かわい》いものです。村の者でも、何人かは倒せる者はいます。ただ、数が多いみたいなんです」

「ブランダも狩りに行っているんだけど、ウルフの数が減らないみたいなの」

「それで、先日、行商人が来たときに、冒険者ギルドにウルフの討伐の依頼をお願いしました」

「それで、昨日の夜に若い冒険者が来てくれたの」

「朝から討伐に向かいましたから、ウルフの数も減ると思いますので、安心してください」

安心ね。

フラグじゃなければいいけど。

まあ、若いとはいえ、冒険者が来たら、少しはウルフの数は減るだろうし大丈夫だよね。

村の中にも倒せる者が数人はいるみたいだし。


それから、ブランダさんが帰ってくるのを待ちながら、村の話を聞いたりした。

わたしが作った壁のおかげで、他の動物から食物が守れているとか。さらに倒したヌシの毛皮は村長の家の奥に飾ってあるとか。

フィナが見に行って、大きさに驚いたりした。

「売らなかったの？」

「はい、肉の方は売ったり、近隣の村で他の食材と交換させてもらいました。でも、ユナさんがこの村を救ってくれた証を残すために、村の者と話し合った結果、残すことにしたのです」

「この子が大きくなったら、このヌシの毛皮を見せながらユナちゃんの活躍を話そうと思っているの」

マリさんは息子の顔を見ながらそう言う。

なんか気恥ずかしいから、やめてほしいんだけど。


それから外に出ると、遠くからくまゆるたちを見ている子供たちがいる。

手首を曲げて、おいで、おいでをする。

それを見た子供たちが駆け寄ってくる。

「みんな、クマに触りたいの？」

子供たちは頷く。

「触ってもいいけど、イタズラはしちゃだめだよ」

その言葉を聞いた子供たちはくまゆるとくまきゅうに抱きつく。ちゃんと言い付けを守って、くまゆるたちが嫌がることはしない。

しばらく子供たちがくまゆるたちと遊んでいると、村の入り口辺りが騒がしくなった。そちらを見ていると、人がこっちに駆けてくるのが見えた。

「村長！　大変だ！」

男性が村長の家に向かって叫ぶ。後ろにも数名ついてきている。

「どうしたのじゃ、そんなに慌てて」

家の中にいた村長たちが出てくる。

「タイガーウルフが現れた！」

「タイガーウルフじゃと⁉」

「ブ、ブランダは無事なの⁉」

マリさんが村長の家にやってきた男性に問い詰める。

「すまない。途中まで一緒だったんだが。ブランダはタイガーウルフを引きつけるために森に残った」

小さく頭を下げて謝罪をする。

男性も肩に弓を持っている。ブランダさんと同じ狩人なのだろう。

「そんな……」

マリさんが膝から崩れ落ちる。

これはヤバイ状況かな？

「村長！　至急、男衆を集めて、入り口を固めてくれ。もしかすると壁を飛び越えてくるかもしれないから、女と子供は家の中に入る指示を」

その言葉を聞いた村長は頷いて指示を出す。

村長の家の前ではくまゆるたちと遊んでいた村の子供たちが不安そうにくまゆるたちに抱きついている。

「クマのお姉ちゃん……」

「大丈夫だよ。でも、危ないかもしれないから、みんなは家に帰って、お父さんとお母さんの言うことを聞くんだよ」

わたしの言葉に子供たちは頷いてそれぞれの家に帰っていく。

「冒険者は見てないか？」

「狩りをしているときに、一度見かけた。でも、そのときはタイガーウルフのことは知らなかったから、その場から離れた。だから、その後、どうなったか分からない」

「村長！　その冒険者はタイガーウルフは倒せそうなのか？」

「ギルドカードを見せてもらったが、ランクFの新人じゃ。とてもないが無理じゃ。むしろその冒険者も心配じゃ」

村長は困ったように顔を下に向けて考える。

そして、顔を上げてわたしを見るがなにも言わない。村長は視線を、村の集まっている男衆に向ける。

「急いで入り口を塞げ。数名は、壁の周辺を監視するのじゃ！」

「ブランダと冒険者はどうするんだ？」

「逃げてくるのを待つ。下手に探しに行けば犠牲者を出すことになる」

「そんな……」

　マリさんは村長の言葉に不安で言葉が続かない。マリさんは息子のユークを強く抱きしめるだけだ。

「ユナお姉ちゃん……」

　フィナが心配そうにわたしを見る。

「大丈夫だよ」

　フィナの頭を優しく撫でてあげる。

新人冒険者 3

「わたしが行ってくるよ」

「ユナさん！」

「わたしがくまゆるたちと一緒に行って、ぱぱっとブランダさんたちを連れて帰ってくるよ」

「危険じゃ、タイガーウルフはヌシとは違う。タイガーウルフは狂暴なんじゃぞ！」

村長が本気で心配してくれる。

「そうだ。ヌシは俺たちがなにもしなければ畑を食い荒らすだけだったが、タイガーウルフは人を襲う」

「ユナちゃん、危険よ」

本心から村人たちが心配してくれる。

「お金はかかるが、冒険者ギルドに依頼するから安心せい」

その冒険者は目の前にいるんですが。

「でも村長、どうする。誰が街まで行く？　今回は行商人が来るのを待っていられないぞ」

「しかも、急がないと」

「それよりブランダをどうするかが先だろ」

「何度も言うがブランダを助けには行けない。ブランダが村にたどり着くことを祈るしかない」

村長の言葉で村の中が暗くなる。

誰しもがタイガーウルフとは戦いたくない。対すれば殺されることを知っている。

ここは黙っていくしかないかな。

わたしはくまゆるに乗る。

「ユナさん？」

村長がわたしの行動に気づく。

「ちょっと散歩してくるね」

説得するのが面倒なのでそう答える。

マリさんと視線が合う。

「くまゆるとくまきゅうがいるから散歩ぐらい平気だよ」

マリさんを安心させるために、くまゆるとくまきゅうの存在をアピールさせる。

「ですが……」

「散歩に行くだけなんだから、そんなに心配する必要はないよ」

「ユナちゃん……」

マリさんは下を向いてしまう。

その代わりに村長が話しかけてくる。

「その、ユナさん。お願いします」

村長は深々と頭を下げる。

「なにを頼んだのか知らないけど。散歩に行くだけだよ」

「ユナさん……」

「それじゃ、ちょっと散歩に行ってくるね。フィナは悪いけど待っててね」

「ユナお姉ちゃん」

フィナは心配そうに駆け寄ってくる。

「大丈夫だよ。前にも倒しているから」

「うん。でも、気をつけてね」


わたしはくまゆるに乗って走りだす。その隣をくまきゅうが並走して走る。

探知のスキルを使う。

ウルフが多い。

ブランダさんたちはどこかな?

あっちか、タイガーウルフも近くにいるね。

これは急がないとダメだね。

「くまゆる、くまきゅう、急ぐよ」

森の中を黒いクマと白いクマが走り抜けていく。

近くに人の反応が5つある。

新人冒険者とブランダさんかな。反応あるってことは、まだ生きている。

間に合ったみたいだ。


「ホルン走れ！」

「シン！　そっちにウルフが行ったぞ」

「タイガーウルフはどこだ！」

「ブランダさん！　危ない」

「おまえたちは先に行け！」

「でも！」

「この森は俺の庭だ！　どうにだってなる。おまえたちがいると逆に足手まといだ！」

声が聞こえてくる。

緊迫している状況みたいだ。くまゆるは加速する。

発見！

わたしが見えるってことは相手からも見えるってことになる。

「クマ！」

少年がくまゆるに剣を向ける。

「馬鹿、よく見ろ！」

「くまさん！」

わたしは少年たちに襲いかかっているウルフに氷の矢を放つ。少年たちを追いかけていたウルフの脳天に突き刺さる。

わたしは少年少女の近くにいる複数のウルフに向けて氷の矢を放つ。氷の矢は全てウルフに命中する。

「すげぇ」

わたしは新人冒険者を襲っていたウルフを全て倒す。

新人冒険者を見ると、見覚えがある少年少女たちだった。

昨日、わたしの頭をポンポン叩《たた》いた少年のパーティーだ。

でも、今は構っている暇はない。

「くまきゅう！　ここをお願い」

くまきゅうを護衛に残し、ブランダさんのところに向けて走りだす。

すぐにブランダさんを発見することができた。

ブランダさんは少し高くなった岩山の上から弓を構えていた。

狙う先にはタイガーウルフがいる。

ブランダさんが矢を放ってタイガーウルフを威嚇《いかく》している。

本当になにをやっているんだあの人は。

お人好しは早死にするって、本当だね。そんなことをすれば逆に襲われて死んじゃうよ。

ブランダさんは矢を放つが、タイガーウルフはかわす。タイガーウルフはブランダさんに向けて駆けだす。ブランダさんは矢を何度も放つがタイガーウルフは左右に避《よ》けて命中はしない。

「くまゆる！」

くまゆるが加速する。そして、タイガーウルフとの間合いを一気に詰めて、ブランダさんに襲いかかろうとしていたタイガーウルフに体当たりをする。

乗っていたわたしに、衝撃は思ったほどない。

くまゆるのおかげなのかな。

「嬢ちゃん！」

「ブランダさん。お久しぶり」

クマさんパペットを上げて挨拶《あいさつ》をする。

「どうして、ここに」

「散歩だよ」

目線はタイガーウルフに向けながら答える。くまゆるに弾き飛ばされたタイガーウルフはゆっくりと立ち上がってわたしの方を見る。

「嬢ちゃん！　逃げろ！」

逃げろと言われても、目的のタイガーウルフを目の前にして、逃げ出すわけにはいかない。

大事な大事な毛皮だ。

わたしはくまゆるから降りて、タイガーウルフと対峙《たいじ》する。

「嬢ちゃん、危険だ」

「危険なのはどっちなの？　赤ちゃんも生まれたんだから危険なことはしちゃだめだよ」

わたしはタイガーウルフに目を向けながら、ブランダさんを叱《しか》る。

でも、長い会話はできないみたいだ。

タイガーウルフは歯を食い縛り、唸《うな》り声をあげてわたしのことを睨《にら》んでいる。

もし、クマ装備がなかったら、チビっているところだね。

わたしは風魔法を放ちながらタイガーウルフに詰め寄る。

タイガーウルフは見えない風を探知して体を翻《ひるがえ》してかわす。やっぱり、ウルフとは違うね。

でも、避けるってことは自分がしたい行動ではない。相手にさせられている行動でもある。

わたしはタイガーウルフがかわした位置にクマの身体強化をかけた体で間合いを詰め、横っ腹にクマパンチを打ち込む。

タイガーウルフは避けることもできずに、地面を滑るように転がる。

あれ、強く殴りすぎたかな。

でも、タイガーウルフは立ち上がろうとする。

そこに1本の矢が飛び、タイガーウルフの右目に突き刺さる。

「ブランダさん？」

「助けはいらないと思ったが、矢を打ち込める隙があったからな」

タイガーウルフは目に矢が刺さったまま、立ち上がる。その体から、怒りで殺気が出ている。

「もしかして、余計なことをしたかもしれないな」

ブランダさんを見ると弓を構える手が震えている。

殺気は感じるけど、震えるほどじゃない。

クマ装備のおかげなのか、ゲーム慣れなのか、強い装備を着けている安心感からなのか分からないけど。ブランダさんほど、恐怖心は感じない。

「大丈夫だよ」

タイガーウルフが地面を蹴《け》る。同時にわたしも地面を駆ける。

ベアーカッターを放つが全てかわされる。片方の目が潰れているのによく避ける。でも、目に矢が刺さっているため、死角ができている。わたしは死角から回り込むと、圧縮した水弾を放つ。

水弾は全て命中して、タイガーウルフは悲鳴をあげて倒れる。

だが、すぐに立ち上がろうとするタイガーウルフ。わたしを威嚇するためなのか、大きく口を開く。わたしはその隙に氷の矢をタイガーウルフの口の中に放つ。

片方の目でわたしを睨《にら》んだと思ったらタイガーウルフの体は横に倒れた。

「倒したのか？」

タイガーウルフは立ち上がらない。

「倒したみたいだね」

ブランダさんは弓の構えを解く。

「嬢ちゃん。助かった。ありがとう」

「さっきも言ったけど。散歩をしていただけだから気にしないでいいよ」

「命を救ってくれたのに、謙虚だな」

ブランダさんはわたしのクマさんフードの上から頭を撫《な》でる。

そのとき、後ろから草むらを掻《か》き分ける音が聞こえた。

「ブランダさん、大丈夫ですか？」

新人冒険者たちがやってきた。

「おまえたち、俺は逃げろと言ったはずだぞ」

「すみません。俺たちブランダさんが心配で。それと、先ほどはありがとうございました。もし、ブランダさんが注意を引いてくれなかったら、俺たちは」

「気にするな。たまたま、近くにいただけだ。この森のことはおまえたちよりも俺の方が知っているからな」

「それで、そのタイガーウルフはブランダさんが？」

新人君がタイガーウルフの目に刺さった矢を見ながら尋ねる。

「いや、タイガーウルフは嬢ちゃんが倒した。俺は嬢ちゃんが戦っているところを隙をついて矢を放っただけだ」

新人君たちがわたしを見る。

「このクマが」

少年の1人が呟《つぶや》くと、隣にいた女の子が肘《ひじ》で少年を突っつく姿が見えた。

「いえ、さっきはありがとうございました」

「ありがとうございます。助かりました」

素直に頭を下げる新人君4人。

「それで、こいつはどうする。持ち帰りたいが」

死んでいるタイガーウルフを見ながらブランダさんが尋ねる。

「わたしが持っていくよ」

タイガーウルフに近づいて、クマボックスにしまう。

「相変わらず凄《すご》いな。それで、さっきから気になっているが、その白いクマはなんだ？」

そういえばブランダさんもくまきゅうのことは初めて見るんだよね。

村に戻ってくると、男衆が武器を持って、入り口を塞いでいた。

「ブランダ！　無事だったか！　冒険者たちも」

「ああ、嬢ちゃんに助けてもらった」

「そうか、よかった。おまえは赤ん坊が生まれたばかりなんだから、マリを心配させるな」

「すまない」

「それで、タイガーウルフはどうなった。近くにいるのか？　いないようだったら、街の冒険者ギルドに行く話になっているんだが」

「タイガーウルフなら、嬢ちゃんが倒した」

「……はぁ？」

男衆がみんな同じ反応をする。

「嬢ちゃんがタイガーウルフを倒してくれたからもう安心だ」

「本当なのか？」

みんなブランダさんの言葉が信じられないようだ。

「ヌシとタイガーウルフとでは強さが違うぞ」

「こんなことで嘘《うそ》をついても仕方ないだろう。細かいことはあとで説明する。とりあえずは村長のところに報告しに行かせてくれ」

男衆は左右に分かれ、道ができあがる。

わたしはブランダさんと一緒に村長の家に向かう。その後ろをくまゆる、くまきゅうと続き、最後に新人君たちがついてくる。


「ブランダ、戻ってきたの⁉」

村長の家からユークを抱いたマリさんと村長が出てくる。最後にフィナが出てくる。

「怪我は？」

「大丈夫だ」

その言葉でマリさんの顔に安堵《あんど》が浮かぶ。

「それで、ブランダ、タイガーウルフは？」

村長が尋ねる。

「嬢ちゃんが倒したよ」

「本当か⁉」

口で説明するよりも、実物を見せた方が早いと思って、クマボックスからタイガーウルフを取り出す。

村長たちは信じられないようにタイガーウルフを見る。

死んでいるタイガーウルフを見て、村長は頭を下げる。

「ユナさん、ありがとうございます。ブランダを救ってもらい、タイガーウルフまで倒してもらい、感謝します。このお礼は少ないですが払わせてもらいます」

「わたしはたまたま、散歩していただけだよ。そしたら、ブランダさんを見つけて、たまたまタイガーウルフを倒しただけ。村からお金を貰《もら》う理由はないよ」

「ですが……」

村長はなにか言いたそうにするが言葉が出てこない。

「それに赤ん坊が生まれたばかりなのに、マリさんを未亡人にするわけにはいかないからね」

「ユナちゃん……」

涙を拭《ぬぐ》いながら笑顔を向けるマリさん。

そのとき、マリさんの腕の中にいるユークが一生懸命手を伸ばしている姿があった。

「ユーク?」

ユークが手を伸ばした先にはタイガーウルフの亡骸《なきがら》がある。

マリさんがユークを抱いてタイガーウルフの前に膝を折って座ると、ユークはタイガーウルフの毛を掴《つか》んだ。

「ユーク?」

マリさんがユークのタイガーウルフを掴んでいる手を離そうとすると泣き始める。

マリさんが慌ててユークの手を離すと、またタイガーウルフの毛を掴む。

どうやら、タイガーウルフの毛皮が気に入ったみたいだ。

「ユナちゃん。ごめんね。すぐに離させるから」

マリさんは無理やり、ユークの手を引き離すと、ユークは大泣きをする。マリさんは一生懸命にあやすが泣きやまない。

相当、タイガーウルフの毛皮が気に入ったようだ。

「マリさん、このタイガーウルフは出産祝いで、受け取ってください」

「そんな、受け取れないわよ。この子にも言い聞かせるから」

でも、マリさんの腕の中にいるユークは泣きやまない。

「どうして、泣きやんでくれないの？」

一生懸命にあやすマリさんを見て笑いが出てしまう。

「ふふ、マリさん。受け取ってください。村長、毛皮はユークに、肉は村で自由にしてください」

「いいのですか？」

わたしはその言葉に頷く。

その後、タイガーウルフはフィナの手によって解体されることになり、その手捌《てさば》きに村の人は驚いていた。

毛皮はユークに贈り、肉は村に贈ることになった。

フィナの解体作業を見ていると、新人君たちがやってくる。

「あのう、いいか？」

「なに？」

「ありがとうございました」

頭を下げる少年少女。

「あのとき、来てくれなかったら……」

「死んでいたかもしれない」

「それと、冒険者ギルドでは失礼なことをして、すみませんでした」

「あのう。シン君を許してあげてください。決して悪気があってあんなことをしたわけではないんです。怖いとか凶暴とか聞かされていたので、会ったら可愛《かわい》いクマさんだったから。騙されていると思ったんです」

「あんなに強いとは思わなかった。俺たちが新人冒険者だから、騙されていると思ったんだ。もし、噂《うわさ》通りなら、俺だけにしてくれ。みんなは悪くないから」

「1つだけ聞いていい？　冒険者ギルドではなんて聞かされていたの？」

「それは……」

冒険者ギルドから聞いた話はヘレンさんが説明したのと同じだった。

ただ、冒険者どもから聞いたわたしのことは……。

クリモニアに帰ったら、お仕置きしないとだめだね。


「本当に帰られるのですか？　もう、遅いですから泊まっていってくださっても」

「わたしひとりならいいんだけど。この子がいるからね」

フィナの頭に手を乗せる。

「この子の親に黙って来ちゃったから、心配させるから」

「そうですな。心配する親御さんがいるのでしたら、引き止めるのもあれですな。ユナさん、今回もありがとうございました」

「また、散歩に来るよ」

「はい。お待ちしてます。フィナのお嬢ちゃんも今度はゆっくりしていっておくれ」

「はい、そのときはお願いします」

笑顔を向けるフィナ。

新人君たちはもう少しウルフ狩りをしていくそうだ。

帰りはわたしはくまきゅうに乗り、フィナはくまゆるに乗って、急いでクリモニアに帰った。

でも、クリモニアに着いたときには陽が沈み、ティルミナさんに怒られることになった。

フィナ、巻き込んでごめんね。

クマとの遭遇　院長先生編

今日も食べるものがない。

一日1回、野菜くずが入ったスープを作るのが精一杯だ。

3か月ほど前に補助金が打ち切られて以来、子供たちにちゃんとしたものを食べさせられていない。

大人であるわたしがなんとかしてあげないといけない。

わたしとリズで食べ物を貰《もら》いに行っているが、限界はある。

毎日、頼むと嫌な顔をされる。違うところに行ってもいい顔はされない。それでも、子供たちが待っているのだから、嫌な顔をされても頼まなければならない。

今朝からリズが食べ物を貰いに行っているが、どれほど手に入れられるか分からない。

わたしは目の前にいる小さな子供をあやしながら、今後のことを考えるが、不安で仕方ない。

他の子供たちは外に行って、ここにはいない。たぶん、向かった先は中央広場だ。子供たちは中央広場の屋台の食べ残しを探している。

そのことをわたしは強く注意することができない。

わたしが食べ物を用意できれば、子供たちにそんなことをさせないですむ。

でも、用意することができない。だから、言えるのは迷惑がかからないようにしなさいってことくらいだ。

でも、このままだと、誰かが死んだり、子供たちが盗みを始めたりしてしまうかもしれない。もし、盗みでもすれば、今、食料を分け与えてくれている人もいなくなる。そうなれば、孤児院は終わりだ。

領主様にお願いすることも考えたが、もし、反抗的と思われ、この孤児院を立ち退《の》かされでもしたら、子供たちの住む場所がなくなってしまう。

どうすることもできない。

頭を抱えて考え事をしていると、外が騒がしいことに気づいた。

子供たちが帰ってきたみたいだ。でも、いつもよりも早い。

なにかあったの？

不安で外に出ると、子供たちが変な格好をした女の子のところに集まっていた。

クマ？

そのクマの格好をした女の子に声をかける。

「どちら様でしょうか。わたしはこの孤児院を管理している院長のボウと申します」

「わたしは冒険者のユナです。この子たちを中央広場で見かけて」

「中央広場……。また、行ったの？」

知っていたことですが、表向きは注意しなければなりません。

子供たちは謝ってくれますが、悪いのはわたしです。

「いいのですよ。わたしがあなたたちに食べさせてあげられないのがいけないのですから。もしかして、この子たちがあなたになにかしましたか？」

なにかしたとしても謝ることしかできません。それで許してくれればいいけど。

「いえ、この子たちが、広場でお腹《なか》を空《す》かせているようだったので」

「すみません。その、恥ずかしながら食べるものはあまりなくて」

隠せることではないので、本当のことを話します。

本当なら、子供に話すようなことではないのですが、いろいろと聞かれるので、話してしまいました。

すると、クマの格好をしたユナさんはウルフの肉を出してくれました。しかも、かなりの量です。それに、パンから飲み物まであります。

自由に食べていいとおっしゃいました。

本当は理由もなく受け取ることはしたくなかったのですが、子供たちが食べ物から目を離しません。

わたしはお礼を言って受け取ることにしました。

食事を用意すると子供たちは嬉しそうに食べます。子供たちの笑顔を見たのはどれほどぶりでしょうか。

ユナさんは1人立ち上がると、孤児院の中を見回り始めました。

わたしは、ユナさんが用意してくれたお肉を焼いたりしていましたので、手が離せませんでした。

「あなたたち、もうよろしいのですか？」

お肉はまだあります。子供たちは食べたそうにお肉を見てます。

「先生、俺、いらない」

「僕も」

みんなフォークや箸《はし》をテーブルに置きます。

「どうしてですか？」

「明日、食べたい……」

そうですね。今日食べられても、明日も食べられるとは限りません。

「わかりました。ユナさんにお願いして、これは明日、食べる許可を貰いましょう」

わたしはユナさんを探しに行きます。

ユナさんを見つけると魔法で崩れた壁や穴があいた壁を修復していました。

「なにをやっているのですか？」

見ればわかるけど、聞かずにはいられなかったのです。

「壁を修復しているのよ。これじゃ、隙間風《すきまかぜ》が入って寒いでしょう」

確かにそうですが、ユナさんは部屋を見回り、壁の修復をしていきます。そして、ユナさんが子供たちの寝室に入ると、ベッドにある小さなタオルを見ます。暖かい布団などはありません。するとユナさんは手につけているクマから、暖かそうなウルフの毛皮を取り出して渡してくれました。

「ユナさん？」

「子供たちに渡してあげて。ベッドにあるタオル１枚じゃ寒いでしょう。院長先生の分と予備もあるから」

言葉が出ませんでした。

どうして、こんなにしてくれるのでしょうか。

ユナさんの行動が分からず、お肉のことを聞くのを忘れて、食堂に戻ってきてしまいました。

ユナさんが予備のお肉が食べられていないことに気づき、聞いてきます。

「はい。ユナさんのお許しが貰えれば、明日に回したいです。子供たちも今日食べるよりも、明日食べたいと言いまして」

「ああ、ごめん。言い忘れた。数日分用意しておくから、食べていいよ」

そう言うと、ユナさんは新しくお肉とパンを出します。

「あのう。どうして、こんなにしてくれるのですか？」

聞かずにはいられなかったので、聞いてみます。

「大人が食えないのは働かない大人が悪い。でも、子供が食べられないのは子供のせいじゃない。大人のせいよ。親がいなければ、周りの大人が助けてあげればいい。だから、わたしは子供のために頑張っている院長先生の味方よ」

涙が出そうになった。

冒険者といってもこんなに小さな女の子が言う台詞《セリフ》じゃないと思ったけれど。ユナさんの言葉には温もりを感じました。

子供たちはお腹いっぱいになるまで食べました。

ユナさんはその様子を見ながら食べ物を追加していきます。

感謝の言葉しか出ません。

しばらく孤児院を見ていたユナさんは、帰るそうです。

子供たちは悲しそうにユナさんに近寄ります。

「ほら、ユナさんも困るでしょう。みんな、お礼を言いなさい」

「クマのお姉ちゃん、ありがとう」

「ありがとう」

子供たちはお礼を述べます。

ユナさんが来てから3日後の朝。

ユナさんにいただいた食料で朝食を食べる。食料も多くあり、朝から食べることができる。

子供たちも嬉しそうに食べている。今度、ユナさんが来たら再度お礼をしないといけませんね。

初めは変な格好をした女の子だと思いましたが、人を見た目で判断してはいけません。

ちゃんとあの子たちにも教えないといけません。

子供たちは朝食を食べると外に行きます。ですが、すぐに戻ってきました。

「院長先生！」

子供たちが慌てて、わたしのところにやってきます。

「そんなに慌てて、どうしたのですか？」

「外に変な壁が」

言っている意味が分かりません。

外になにがあるというのでしょうか。

子供たちはわたしの手を引っ張って外に連れていきます。

そこにあったのは大きな壁でした。

昨日はなかったはずです。あれば子供たちが今みたいに騒いでいるはずです。

リズにも聞いてみましたが、首を横に振るだけです。

とりあえず、危険な可能性があったとしても、わたしたちにどうにかすることはできません。

子供たちには近寄らないように注意して、わたしは家の中に戻ります。

あの壁はいったいなんなんでしょうか。一晩でできあがるなんて、信じられません。

子供たちに危険がなければいいんですけど。

壁のことを考えていると、ドアが開き、子供たちとクマ？　いえ、ユナさんが入ってきました。

とりあえず壁のことは保留にして、挨拶《あいさつ》とリズの紹介をします。

「それで、今日はどのような用件で」

わたしが尋ねると、子供たちを働かせたいというではないですか。

もしかして、子供たちに危険な仕事をさせるつもりかもしれません。

「心配しなくても危険な仕事とかじゃないから」

「どんな仕事なんでしょうか？」

ユナさんにお世話になったとはいえ、ハッキリさせないといけません。子供たちはわたしが守ります。

隣に壁を作ったのはユナさんで、あの壁の中で鳥を飼うそうです。

仕事内容は子供たちでもできる卵集めや、掃除、鳥のお世話だと説明をされました。話を聞く限りでは危険なことはないみたいです。

なんでも集めた卵を売って、お金を稼ぐみたいです。それだけで、お給金が貰えると。

わたしと一緒に話を聞いていた子供たちに尋ねます。

「あなたたちどうしますか。ユナさんが仕事を与えてくれるそうです。働けばごはんが食べられるようになります。働かなければ、数日前の状態になります。ちなみにユナさんが食料を持ってきてくれることはもうありません」

子供たちに問いかけます。

無理やりやらせてはだめです。自分たちが決めないといけません。だから、子供たちの答えを待ちます。

子供たちはお互いの顔を見ます。そして、頷き合いました。

「やります」

「やらせてください」

「わたしもやる」

「俺も」

「ぼくも」

子供たちが元気よく返事をします。

その言葉を聞いて嬉しくなります。

「ユナさん。この子たちのことをお願いします」

わたしは頭を下げます。

ユナさんはリズと子供たちを連れて壁に向かいます。リズがいれば子供たちも大丈夫でしょう。

それからティルミナさんという女性を紹介され、商業ギルドとの仲介役だと言われました。子供たちの話では優しい人だといいます。

鳥の数も知らないうちに増えて、子供たちは驚いていました。

孤児院で小さい子の世話をしているとティルミナさんがやってきました。

「院長先生」

「はい、なんでしょうか」

「ユナちゃんに冷蔵倉庫があるって聞いたけど、どこにありますか？」

「冷蔵倉庫ですか？」

ユナさんが先日、冷蔵倉庫を作ってくれました。

子供たちも多いんだから、大きい冷蔵倉庫が必要でしょうって言われました。

でも、今はユナさんにいただいたウルフのお肉ぐらいしか入ってません。

「近いうちに食料を運んでくる人がいると思いますので、来たら案内してもらえますか」

「食料ですか？」

「子供の人数も多いし、リズさんもお借りしてますから、買い出しは大変でしょう。だから、必要最低限の食料は運んでもらうように手続きをしましたので」

「ありがとうございます」

やっと意味を理解した。食べ物がお給金代わりだということに。

「他に必要なものがあったら、言ってください。それほど高いものじゃなければ大丈夫なので。もちろん、必要なものなら高いものでも構いません。でも、そのときはユナちゃんに相談します」

「あのう。どうして、ユナさんはそこまでしてくれるのでしょうか？」

気になっていたことを尋ねます。ティルミナさんなら知っているかもしれません。

「ユナちゃん、だからじゃない？」

「ユナさんだから？」

「あの子は不思議な子だから、なにを考えているか分からないけど。優しい子ですよ。娘のフィナも好いてますし。孤児院を悪いようにはしないと思いますよ。だから、安心していいですよ」

「そうですね」

「あっ、でも、いきなり、とんでもないことを言いだしますから気をつけてくださいね」

ティルミナさんは笑いながら注意してくれました。

あの、可愛らしいクマの格好をした女の子。

いきなりやってきて、食料を与え、子供たちに仕事を与え、ちゃんとお給金も出してくれる可愛《かわい》いクマの女の子。
わたしたちの環境を一気に変えてくれた不思議なクマの格好をした女の子。
子供たちも笑っている。孤児院の中に笑顔が広がるようになった。
お腹いっぱい食べられる。お腹を空かして悲しい顔をする子はいなくなった。
寝る場所も暖かい。隙間風もない。寒くて寝られないこともなくなった。
それらを与えてくれたのがクマの女の子だという事実は変わらない。
だから、これからもユナさんを信じていこう。

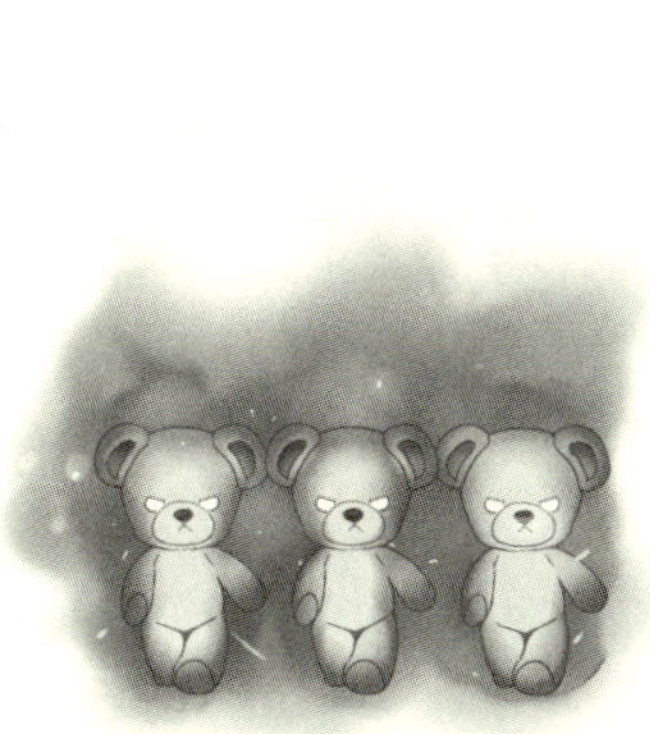

あとがき

お久しぶりです。「なろう」読者様は先日ぶりになるのでしょうか。1巻に続き2巻も手に取っていただきありがとうございます。皆様のおかげで、無事に2巻を発行することができました。

主人公のユナはクマの着ぐるみを脱げば普通の女の子以下になってしまうため、相変わらずクマの着ぐるみの格好で過ごしています。

初めはユナの格好を馬鹿にしていた者たちも、ユナの強さに気づき始めて様子が変わってきました。ユナの噂《うわさ》は冒険者ギルドから始まり、商業ギルドに広がり、やがて領主の耳まで届くようになりました。徐々にクリモニアの街にクマの着ぐるみが浸透し始めた巻となりました。

着ぐるみというものがない世界の人が着ぐるみを見たら、どのように見えるのでしょうね。

この本の話を書いたのは今から1年ほど前になります。あの頃はなにも考えずにその場の勢いで書いていました。当時の設定を思い返すと、いろいろと変更していました。

脳内プロットではクマハウスは建てずに、早々に王都に行く予定でした。そのため、書き始めた頃はフィナがこんなに重要な登場人物になるとは思ってもいませんでした。当初のフィナの役目は異世界を説明してくれるキャラでした。街のこと、冒険者ギルドのこと、この世界を生きていくための知識をくれる存在。それが今ではこの作品に必要不可欠な人物になりました。

クリモニアに残ったことにより、ノアやクリフ、孤児院の子供たちに会えました。今後もこの街を中心に物語が広がっていくと思います。

今回お読みになられた方は気づかれていると思いますが、２巻より本文中におけるステータス画面等の内容の表示はなくなりました。理由としては、パラメーターなどがあるわけではないので、必要性がなく、毎回同じスキルや魔法の表示は不要だと感じたためです。

そのため、ユナが手にしたスキルや魔法などは初めのページに記載をしました。確認しながら読んでいただけると幸いです。

０２９様には１巻同様に可愛《かわい》いユナやフィナたちを描いていただき、ありがとうございます。

今回はユナの白クマ姿のイラストをお願いしたところ、快諾して描いていただきました。白クマ姿のユナがとても可愛いです。

最後に、本作を出すにあたりお世話になった方々に感謝を。

誤字などでお世話になった校正様、担当編集様、出版社の皆様、ありがとうございました。

二〇一五年十一月吉日　くまなの

快進撃
くまクマ熊ベアー
著：くまなの
イラスト：029
第3巻2016年3月25日発売予定!!
王都へと向かったユナを待ち受けるものは…!?
第4巻2016年7月29日(予定)
第5巻2016年11月25日(予定)
続々刊行決定!!
予価：本体1200円＋税　判型：四六判　©Kumanano

この本を読んでのご意見・ご感想・ファンレターをお待ちしております。
<宛先>　〒104-8357　東京都中央区京橋 3-5-7
（株）主婦と生活社　PASH! 編集部
「くまなの」係

※本書は「小説家になろう」（http://syosetu.com）に掲載されていたものを、改稿のうえ書籍化したものです。

PASH! ブックス

くま　クマ　熊　ベアー2

著　者　くまなの
編集人　春名 衛
発行人　永田智之
発行所　株式会社主婦と生活社
〒104-8357　東京都中央区京橋 3-5-7
03-3563-2180（編集）
03-3563-5121（販売）
03-3563-5125（生産）
ホームページ　http://www.shufu.co.jp
印刷所　太陽印刷工業株式会社
製本所　株式会社若林製本工場
イラスト　029
編集協力 デザイン　株式会社ウェッジホールディングス

　Printed in JAPAN　ISBN978-4-391-14755-1